Broken Poems

Mark Gonzales was born in 1968 in Huntington Park/CA. He is both Mexican-, Irish- and German-American, a member of the "youth culture" and the skateboarding subculture. At age 16 he dropped out of school to become a professional skateboarder. With the streets of Southgate/LA as his playground, he changed the way the world looks at a skateboard. Handrails, stairs, benches, and gaps are the canvas of his masterwork. He made up many tricks that became the vocabulary of today's street style, including 180° nosegrinds and darkslides.

He lives in San Francisco.

Mark Gonzales wurde 1968 in Huntington Park/Kalifornien geboren. Er entstammt sowohl einem mexikanisch-, irisch- und deutsch-amerikanischen Hintergrund als auch der Jugend- und Skateboard-Subkultur. Als er 16 war, brach er die Schule ab, um Skateboardprofi zu werden. Mit den Straßen von Southgate/L.A. als seinem Revier hat er das Bewußtsein der Welt für Skateboarding radikal verändert. Handläufe, Treppen, Bänke und scheinbar unüberspringbare Distanzen sind die Bühnen, auf denen er seine Meisterwerke schafft. Er erfand unzählige Tricks, die zum Vokabular des heutigen street styles gehören, eingeschlossen 180° Nosegrinds und Darkslides.

Er lebt in San Francisco.

Nonstop Poetry

Mark Gonzales

Broken Poems

Stories, Poetry & Drawings

Erzählungen, Gedichte & Zeichnungen

English/ Deutsch Übertragen von Michael Zöllner

Tropen

All stories have appeared in
Thrasher Magazine.

Edited by / Herausgegeben von
Leander Scholz / Michael Zöllner

Design and typesetting / Gestaltung und Satz
Tropen Verlag, Köln

A special edition with a drawing from Mark Gonzales
appears in conjunction with this book (38 x 28 cm),
slip case, numbered and signed, 1-25, 5 A. P.

This special edition is available from all bookshops
and can also be directly ordered from the publisher.
ISBN 3-932170-24-5

Zu diesem Buch erscheint eine Vorzugsausgabe
mit einer Zeichnung von Mark Gonzales (38 x 28 cm),
Schuber, numeriert und signiert, 1-25, 5 E. A.

Die Vorzugsausgabe kann im Buchhandel
oder direkt beim Verlag bestellt werden.
ISBN 3-932170-24-5

Tropen Verlag, Eupener Str. 57-59, D-50933 Köln

Printed and bound in Germany

Distributed in the United States and Canada by
Distributed Art Publishers
155 6th Avenue Second Floor
New York, N Y 10013-1507

ISBN 3-932170-17-2

For Margaret
for Helen
for Eva
for Navida
for Awalita

The Story of a Boy Named Scrabble

I never really bothered reading because I'm somewhat dyslexic. As a kid, I'd usually go through the magazines and the books just to look at the photos. When I was about nine, I started cutting out the photos that interested me. My name is Scrabble. That's the name the old man that found me gave me.

He tried to teach me how to read, but instead I'd be more interested in playing around the yard or placing photos up on the walls of where we lived. We lived in the back of the dump. The story he told me was that he was separating the stuff that could be salvaged from the stuff that would have to go to the landfill. He told me that he had seen something moving inside a beat-up piece of luggage, and when he opened it, I was in there with a huge smile along with some pieces from a Scrabble board game. That's what I was told, and that's what I believed.

I grew older and wiser like he always said I would. Here's how he'd say it: "Kid, it's like this. Scrabble is a wise man's game, and that's how I know you're a wise one, kid." And I always remember him saying it just like that. Sometimes to be a wise crack, I'd call him Monopoly.

The first time he took me into town, I remember being excited because a lot of the things in town looked just like the photos I had hanging on the walls at home. I'd point to things that I had seen in my pictures and repeat what he had told me they were called. On one trip into town, the old man had a good idea. "Since you like them pictures so much," he said, "I'm going to show you something."

He took me to a big room that looked like night,

Die Story eines Jungen namens Scrabble

Lesen hat mich nie besonders interessiert, weil ich eigentlich Legastheniker bin. Als Kind habe ich nur in den Magazinen und Büchern geblättert, um mir die Fotos anzuschauen. Mit neun fing ich an, die Fotos, die mir auffielen, auszuschneiden. Ich heiße Scrabble. Das ist der Name, den mir der alte Mann, der mich gefunden hat, gab.

Er hat versucht, mir Lesen beizubringen, aber statt dessen habe ich mich mehr dafür interessiert, im Hof zu spielen oder Fotos an den Wänden unseres Zuhauses aufzuhängen. Unser Zuhause war auf der Rückseite der Deponie. Die Geschichte, die er mir erzählte, war, daß er das Zeug, das wiederverwertet werden konnte, von dem Zeug, das in die Grube ging, trennte. Er sagte, er hätte in einem verbeulten Koffer etwas bemerkt, und als er ihn geöffnet habe, sei ich drin gewesen, mit einem breiten Grinsen und einigen Teilen eines Scrabble-Spiels. Das ist, was man mir erzählt hat, und das ist, was ich geglaubt habe.

Allmählich wurde ich älter und klüger, wie er immer prophezeit hatte, indem er sagte: „Junge, es ist folgendermaßen. Scrabble ist ein Spiel für kluge Köpfe und deswegen weiß ich, daß du, Junge, einer bist." Und ich werde nie vergessen, daß er es immer genau so gesagt hat. Um zu zeigen, wie clever ich war, nannte ich ihn manchmal Monopoly.

Ich erinnere mich, daß ich sehr aufgeregt war, als er mich zum ersten Mal mit in die Stadt nahm, weil viele Dinge in der Stadt aussahen wie die Fotos, die ich zu Hause an den Wänden hängen hatte. Ich zeigte auf Dinge, die ich auf meinen Bildern gesehen hatte und wiederholte ihre Namen, die er mir beigebracht hatte. Während eines späteren Ausflugs in die Stadt hatte der alte Mann eine tolle Idee. „Da du Bilder so gerne magst", sagte er, „zeige ich dir etwas."

Er nahm mich mit in einen großen Raum, der aussah wie die Nacht, voller Leute und gigantischer Bilder, die sich bewegten, und dazu

crowded with people and gigantic pictures that moved, and words too. Going there made me happy. As I got older, I'd walked into town alone to see the pictures. One night when I returned home from the pictures, I told him that I didn't think he had found me in no beat-up luggage. I told him I wasn't ashamed if he was my father. I told him I liked being a junkman's son. And I told him I liked it there and I always had fun.

auch noch Worte. Dort hinzugehen machte mich glücklich. Als ich älter wurde, ging ich alleine in die Stadt, um die Bilder zu sehen. Eines Nachts, als ich von den Bildern nach Hause kam, sagte ich ihm, daß ich nicht länger glauben würde, daß er mich in einem verbeulten Koffer gefunden hätte. Ich sagte ihm, daß ich mich nicht schämen würde, wenn er mein Vater sei. Ich sagte ihm auch, daß ich gerne der Sohn eines Müllmannes sei. Und ich sagte ihm, daß ich mich dort wohlfühlen würde und immer meinen Spaß hätte.

SPIT
THE FIRST TIME I SAW HIM ON THE BUS

Busline 115

The first time I saw him, I could not believe my eyes. I mean, I had heard a lot about him. The shit I heard was like, "Man, this dude is so gnarly, he pops ollies over moving cars. He skates with no shoes, lives on the street and doesn't give a fuck about shit." But all that I heard could not amount to what he was truly like.

I was riding the RTD bus line 115 with my mom. We were on our way coming home from a hospital visit. Anyhow, the bus started to get crowded. I gave up my seat for some old lady. I told my mom I would be in the back. When I got up, the old lady thanked me and gave me a fake smile. It made me wish that I hadn't given her my seat. But when I got to the back of the bus, I was stoked.

First I saw his bare feet with cuts and bruises and caked-on dried blood. I didn't know it was him, but then in his lap I saw his board. It was dirty. He was dirty. Now I knew it was him—the underground skate legend. I had goose bumps and was afraid to address him. He didn't notice me looking at him. He was looking out the window. I stood four feet from him and was in utter amazement by his appearance alone. What I wanted was to see him skate. I was hoping he would get off before me and my mom did, then that way, as he got off and the bus pulled away, I could see him skate. But our stop was coming up within two or three blocks.

My mom rang the bell and walked to the back where I was. I tugged on her and pointed to him. I wanted her to see, so when we got off the bus I could tell her about him. But instead when I tugged at her and pointed at him, she said loudly, "What? What is it?" Then he, the skateboard

Buslinie 115

Als ich ihn das erste Mal sah, wollte ich meinen Augen nicht trauen. Ich meine, ich hatte eine Menge über ihn gehört. Der Scheiß, den ich gehört hatte, ging ungefähr so: „Mann, der Typ ist so geil, der springt Ollies über fahrende Autos. Er skatet ohne Schuhe, lebt auf der Straße und gibt einen Scheißdreck auf den ganzen Fuck." Aber alles, was ich gehört hatte, kam nicht dagegen an, wie er wirklich war.

Ich fuhr mit meiner Ma die RTD-Buslinie 115. Wir kamen von einem Krankenhausbesuch und waren auf dem Nachhauseweg. Wie auch immer, der Bus füllte sich langsam. Ich überließ meinen Platz einer älteren Dame. Zu meiner Ma sagte ich, daß ich mich auf die Rückbank setzen würde. Als ich aufstand, bedankte sich die ältere Dame bei mir und schenkte mir ein falsches Lächeln, so daß ich schon wieder bereute, ihr den Platz überlassen zu haben. Als ich aber an das andere Ende des Busses kam, war ich baff.

Als erstes sah ich seine nackten Füße, voller Risse, Quetschungen und Schorf. Ich wußte nicht sofort, daß er es war, aber dann sah ich das Board auf seinem Schoß. Es war dreckig. Er war dreckig. Jetzt wußte ich, daß er es war – der legendäre Underground-Skater. Ich bekam eine Gänsehaut und traute mich nicht, ihn anzusprechen. Er sah nicht, daß ich ihn beobachtete, sondern schaute aus dem Fenster. Ich stand einen Meter von ihm entfernt und war allein schon von seiner Erscheinung völlig fasziniert. Alles, was ich wollte, war, ihn skaten zu sehen. Ich hoffte, daß er ausstieg, bevor meine Ma und ich raus mußten, so daß ich ihn, wenn er ausstieg und der Bus wegfuhr, skaten sähe. Aber unsere Haltestelle kam schon in zwei oder drei Blocks.

Meine Ma drückte das Haltesignal und kam zu mir nach hinten. Ich zerrte an ihrem Arm und deutete auf ihn. Ich wollte, daß sie ihn sich ansah, damit ich ihr, wenn wir ausgestiegen waren, von ihm erzählen konnte. Aber statt dessen sagte sie, während ich an ihr zerrte, laut:

legend, looked over at us. I tried to quiet her up. "Oh, nothing. Never mind." He seemed to have a look of solitude. I wished I had my board, or I wished I had the guts to say, "What's up?" to him. But the bus pulled to a stop, and me and my mother got off.

On the walk to our house I asked her if she had seen the dirty guy on the bus with no shoes. The skateboarder, I added. She said no. Then I went on explaining all that I heard of him. None of it seemed to interest her. Then I stopped walking. I pointed at a car that was coming down the street. I said, "Mother, that guy can ollie straight over moving cars. You know, jump cars with a skateboard attached to his feet." I gave up. Whether she believed me or not, it didn't matter. She didn't skate, she didn't know.

As soon as we got home, the first thing I did was pull out some of my skate mags. Of course I was looking for him, to see if I could find a picture to match it up to the picture I had of him in my mind. But I couldn't find any. It was about six o'clock. The ideas of the different tricks I heard he did had my mind going, so I asked my mom if I could go out skating. She told me, "OK, fine, but be back by nine."

When I walked out the front door and set my skateboard down, the first place I headed was to the street where we got off the bus. I was going to go up a few blocks and see if maybe he got off the bus a few blocks after we did. I was out and skating until about fifteen past eight. I figured I better head home. I was pissed. I wished I would have just said, "Hey, I skate, and I've heard about you. Where do you skate at? Is it true you can ollie cars? How come you skate barefoot?" Just all kinds of things I wanted to find out about this guy.

Well, I got home before nine and mom didn't get mad. Everything was fine. She told me my friend Stan had called but I wasn't going to call him back, because he was a talkaholic. Since today was Sunday, I figured I'd see him

„Was? Was ist denn los?“ Daraufhin schaute er, die Skateboard-Legende, zu uns rüber. Ich versuchte, sie zum Schweigen zu bringen. „Ach, nichts. Vergiß es.“ Er sah etwas einsam aus. Ich wünschte mir, ich hätte mein Board oder den Mut, „Wie läuft's?“ zu ihm zu sagen. Statt dessen hielt der Bus an, und meine Ma und ich stiegen aus.

Auf dem Weg zu unserem Haus fragte ich sie, ob sie den dreckigen Typen ohne Schuhe im Bus gesehen hätte. Den Skateboarder, fügte ich hinzu. Sie verneinte. Daraufhin erzählte ich ihr alles, was ich gehört hatte. Aber nichts davon schien sie zu interessieren. Also hielt ich an. Ich deutete auf einen Wagen, der die Straße herunterkam. Ich sagte: „Mutter, der Typ kann locker einen Ollie über ein fahrendes Auto machen. Du weißt schon, über ein Auto springen mit dem Skateboard an seinen Füßen.“ Ich gab es auf. Ob sie mir glaubte oder nicht, das war völlig egal. Sie skatete nicht, sie hatte keine Ahnung.

Sobald wir zu Hause angekommen waren, holte ich als erstes ein paar meiner Skateboard-Magazine heraus. Natürlich suchte ich nach ihm, ich wollte sehen, ob ich ein Foto von ihm finden könnte, um es mit dem Bild in meinem Gedächtnis zu vergleichen. Aber ich konnte keins finden. Es war ungefähr sechs Uhr. Die ganzen Tricks, von denen ich gehört hatte, daß er sie drauf hätte, beschäftigten mich, also fragte ich meine Ma, ob ich raus könnte, skaten. Sie sagte: „Okay, in Ordnung, aber sei um neun zurück.“

Nachdem ich aus der Tür war und mein Skateboard auf die Straße gesetzt hatte, steuerte ich als erstes zu der Straße, wo wir aus dem Bus gestiegen waren. Ich würde ein paar Blocks weiter hoch fahren und schauen, ob er vielleicht ein paar Blocks nach uns ausgestiegen war. Ich blieb draußen und skatete bis ungefähr viertel nach acht. Ich entschied, besser heimzufahren. Ich war sauer. Ich wünschte mir, ich hätte einfach gesagt: „Hey, ich skate und ich habe von dir gehört. Wo skatest du? Stimmt es, daß du Ollies über Autos machen kannst? Warum skatest du barfuß?“ Einfach all die Dinge, die ich über diesen Typen wissen wollte.

Nun, ich war vor neun zu Hause, und Ma ist nicht ausgeflippt. Alles war prima. Sie sagte mir, daß mein Freund Stan angerufen hatte, aber ich hatte keine Lust, ihn zurückrufen, er war ein Marathonquatscher.

tomorrow in school anyway. Then I'd get a chance to hear what he had to say. I stayed up pretty late doing some homework. It was almost finished, and it didn't seem to make much sense to me. I was writing an essay on the civil rights movement of the sixties. I didn't really care about what I was writing about. I just wanted to write something so it seemed as though I gave an effort. That way maybe my teacher would give me a passing grade.

Well, the next day at school I saw Stan. We had the same homeroom class. The first thing he said was, "Hey, I saw that dude. You know, the one who skates with no shoes."

"Yeah, I did too, I saw him on the bus. I was with my mom. Where did you see him?"

"Across the street from my house. He was skating on the tables at the park."

"No way," I said. "What was he doing? Was he good?"

"Fuck, man, I couldn't believe it. He just started skating, and in five minutes a crowd started to gather. He was doing all these crazy tricks, I don't know what they were. I was all excited just watching."

"Hey, Stan, he was all dirty like a bum or something, wasn't he?"

"Yeah, his feet were all bloody from ollieing and stuff. It was kind of sick because he looked in such bad shape. The people that were watching wanted him to stop, but he just kept going. He was smooth and had such a solid pop. Then he took a little break and I got close to him. I looked at his feet. They looked like Naugahyde, like a football or something."

"No way," I said. "Did he kickflip over two tables? I heard that he could do that."

"No, I didn't see him do that, but he did a fakie 360° flip over one table."

"Fuck, man. No way, really?"

"Yeah, it was crazy. And after he finished skating, the

Da Sonntag war, wußte ich, daß ich ihn am nächsten Tag sowieso in der Schule sehen würde. Dann würde ich schon hören, was er zu sagen hatte. Ich blieb noch ziemlich lange wach und machte Hausaufgaben. Ich war fast fertig damit, aber für mich schienen sie keinen Sinn zu ergeben. Ich schrieb einen Aufsatz über die Bürgerrechtsbewegung in den Sechzigern. Mir war es ziemlich egal, worüber ich schrieb. Ich wollte nur irgendwas schreiben, damit es so aussah, als ob ich mir Mühe gäbe. Auf diese Weise würde der Lehrer mich vielleicht nicht sitzenbleiben lassen.

Na ja, am nächsten Tag in der Schule sah ich Stan. Wir waren in derselben Klasse. Das erste, was er sagte, war: „Hey, ich hab diesen Typen gesehen. Du weißt schon, den, der ohne Schuhe skatet."

„Jeah, ich auch, ich hab ihn im Bus gesehen. Mit meiner Ma zusammen. Wo hast du ihn gesehen?"

„Auf der anderen Straßenseite vor unserem Haus. Er ist auf den Tischen im Park geskatet."

„Ist nicht wahr", sagte ich. „Was hat er gemacht? War er gut?"

„Fuck, Mann, ich konnte es nicht glauben. Er fing einfach an zu skaten, und nach fünf Minuten versammelte sich eine ganze Meute dort. Er hat all diese verrückten Tricks gemacht, keine Ahnung, was das war. Ich war total aufgeregt, nur vom Zuschauen."

„Hey, Stan, war er dreckig wie ein Penner oder so, war er das?"

„Jeah, seine Füße waren ganz blutig vom Springen und so. Es war irgendwie krank, ihn in so schlechtem Zustand zu sehen. Die Leute, die zuschauten, wollten ihn stoppen, aber er hat einfach weitergemacht. Er fuhr ruhig und hatte einen sehr soliden Pop. Dann hat er eine Pause gemacht, und ich bin ganz nah an ihn rangekommen. Ich hab auf seine Füße gesehen. Sie sahen aus wie Kunststoff, wie ein Fußball oder sowas."

„Ist nicht wahr", sagte ich. „Hat er einen Kickflip über zwei Tische gemacht? Ich hab gehört, er könnte das."

„Nein, ich habe nicht gesehen, daß er das gemacht hat, aber er hat einen Fakie 360° Flip über einen Tisch gemacht."

„Fuck, Mann. Ist nicht wahr, ehrlich?"

„Jeah, es war total verrückt. Und nachdem er fertig war mit skaten,

people thought he was doing it for a show or for donations. They started putting money in a little pile next to where his jacket was. But he picked up his jacket and just skated off. He didn't touch the money. One guy said, 'Well, if he don't want it, I'll take it.' Then everyone started fighting over all of the money. And then the police came and broke it up. It was funny, this old man was standing up to one of the cops, saying 'I was just trying to get my dollar back.'"

"So what happened after that?" I asked Stan.

"What do you mean?" Stan asked me back.

"Well, where did the barefoot skater go?"

"Fuck if I know. He just put his jacket on and skated off into the night."

dachten die Leute, es wäre eine Show gewesen oder er hätte es für Knete gemacht. Sie haben angefangen, Geld auf einen kleinen Haufen neben seiner Jacke zu legen. Aber er hat seine Jacke genommen und ist einfach davongeskatet. Er hat das Geld nicht angerührt. Ein Typ hat gesagt: ‚Na, wenn er es nicht will, nehm ich es.' Dann haben alle angefangen, sich um das Geld zu streiten. Bald darauf kam die Polizei und hat das Ganze aufgelöst. Es war witzig, wie dieser alte Mann sich vor einem der Polizisten aufbaute und sagte: ‚Ich habe nur versucht, meinen Dollar zurückzubekommen.'"

„Und was ist danach passiert?" fragte ich Stan.

„Was meinst du?" fragte Stan mich zurück.

„Na, wohin ist der Barfuß-Skater dann gefahren?"

„Fuck, wenn ich das wüßte. Er hat einfach seine Jacke angezogen und ist in die Nacht hinaus geskatet."

OLLIE HEEL FLIP TO TO BACSIDE DARK SLIDE FAKIE

Stones and Bones

It was Friday night and I was grounded, so I couldn't go out. Usually I'd hang out with a few of my friends, go to a movie, try picking up on girls, and then end up skating until four o'clock in the morning. But now I was stuck lying in my bed looking up at the ceiling thinking about how stupid it was to tell my friend Nathan I'd hold his weed for him. See, I don't smoke or drink, so he had asked me to hold his weed for him. I guess that way he figured I wouldn't smoke any of it. But what he didn't figure is that I'd forget it and leave it in the pocket of my jacket, where my mother would find it. I swear she always goes through my stuff, constantly looking for a reason to bust me. The worst part was when she sat me down and asked if pot was the only drug I was experimenting with. I said, "Yes," but that I hadn't had a chance to try it yet. She asked where I got it and I told her, "Can we just drop it, mom?" Then she grounded me.

So I was stuck in my room. At least I was allowed to get phone calls, but for some reason the phone wouldn't ring. I noticed the ringer was turned off, so I switched it on, and still no one was calling. Finally it rang, I looked over at my digital clock, it read 2:15. I picked it up, what was happening was it's my friend Arnie, he's a typical smartass. The first thing he asked was, "What's it like being grounded?"

"It's no picnic," I said. "What's all that noise?"

"Oh, check this out, me, Nathan, and Edward met these girls, and they asked us if we wanted to go to a party. They asked if we skated. We said yes of course. Anyway, we get to this party, and a couple of the pros from the World team are there. I guess they recognized

Steine und Beine

Es war Freitag nacht, ich hatte Stubenarrest und mußte zu Hause bleiben. Sonst hing ich immer mit ein paar Freunden ab, ging ins Kino, versuchte Mädchen aufzureißen und endete damit, bis vier Uhr morgens zu skaten. Aber jetzt lag ich gefangen auf meinem Bett, starrte an die Decke und mußte daran denken, wie blöd es gewesen war, meinem Freund Nathan zu versprechen, daß ich sein Gras für ihn aufbewahren würde. Schau mal, ich rauche nicht und ich trinke nicht, also hat er mich gebeten, sein Gras aufzubewahren. Ich nehme an, er dachte, daß ich auf diese Weise nichts davon rauchen würde. Aber woran er nicht dachte, war, daß ich es vergessen und in meiner Jackentasche lassen könnte, wo meine Mutter es fände. Ich schwör's, sie durchkämmt immer meine Sachen und sucht ständig einen Grund, mich hochzunehmen. Das Bescheuertste war, als sie mich hingesetzt hat und fragte, ob Pott die einzige Droge sei, mit der ich experimentieren würde. Ich sagte „Ja“, ich hätte aber noch keine Gelegenheit gehabt, es auszuprobieren. Sie fragte, wo ich es her hätte, und ich bat sie: „Können wir das Thema nicht einfach fallen lassen, Ma?“ Woraufhin sie mir Stubenarrest erteilte.

Also saß ich in meinem Zimmer fest. Wenigstens durfte ich Anrufe bekommen, aber aus irgendeinem Grund klingelte das Telefon nicht. Ich bemerkte, daß die Klingel ausgestellt war, also schaltete ich sie wieder ein, und immer noch rief niemand an. Endlich klingelte es, ich schaute rüber zu meinem Radiowecker, er zeigte viertel nach zwei an. Ich hob ab, und es war mein Freund Arnie, ein richtiger Klugscheißer. Das erste, was er fragte, war: „Wie ist es denn so, Stubenarrest zu haben?“

„Es ist kein Picknick“, sagte ich. „Was ist das für ein Krach?“

„Hey, stell dir mal vor, ich, Nathan und Edward treffen diese Mädchen, und sie fragen uns, ob wir mit zu einer Party kommen wollen. Sie haben gefragt, ob wir skaten. Wir haben gesagt, klar, natürlich. Egal, wir kommen zu dieser Party und ein paar Pros vom World Team

Nathan as one of your friends 'cause they were asking if you were sponsored and where you lived. They said you should go to the Santa Monica Courthouse tomorrow because Rodney wanted to see about sponsoring you. Aren't you happy?"

"Yeah," I said. "I hope my mom will let me go."

"Hey, I gotta go, there's lots of chicks here."

"Alright, later."

I hung up the phone, then I pictured Arnie drunk, and trying to talk to girls that want nothing to do with him. I looked over at my movie collection, wishing my VCR worked. My mom's friend had just loaned me *King of the Gypsies*. I guessed I could watch it in the living room tomorrow, but for now it was the ceiling. Then I started thinking about tricks that would be good to do at the courthouse and video footage I had seen of other skaters riding there. Tricks come easy for me, what's hard is figuring out what tricks to do, in what order, and on what obstacles. Sometimes I hate skating if a lot of other skaters are around, it makes me feel like a show-off. But tomorrow I'd skate my best, and I wouldn't care what anyone thinks. Maybe I'd try and kickflip backside tailslide the four-step ledge. I was getting all worked up thinking of combos, and now I had no hope of falling asleep. I finally closed my eyes.

I woke up with mom yapping at me. "Get ready, we're going to a birthday party."

"What?" I answered. "Can I go skating with my friends instead?"

"I'll let you bring your skateboard to the party, but that don't mean you can take off and go with your friends."

"Alright."

So I got dressed and ate breakfast. My aunt has a huge old house by the general hospital. There are cool things to skate around there, but I was looking forward to skating at the courthouse.

sind auch da. Ich glaube, sie haben Nathan als einen deiner Freunde wiedererkannt, weil sie anfingen zu fragen, ob du gesponsort wirst und wo du wohnst. Sie haben gesagt, daß du morgen zum Gerichtsgebäude von Santa Monica kommen sollst, weil Rodney dich wegen Sponsoring sehen will. Na, bist du happy?"

„Klar", sagte ich. „Ich hoffe nur, daß meine Ma mich gehen läßt."

„Hey, ich muß los, es gibt 'ne Menge Chicks hier."

„In Ordnung, bis später."

Ich legte den Hörer auf, dann stellte ich mir den betrunkenen Arnie vor, wie er versuchte, Mädchen anzuquatschen, die nichts von ihm wissen wollten. Ich schaute rüber zu meiner Videosammlung und wünschte, mein Recorder würde funktionieren. Der Freund meiner Ma hatte gerade *King of the Gypsies* ausgeliehen. Ich nahm an, daß ich ihn am nächsten Tag im Wohnzimmer sehen könnte, aber jetzt blieb nur die Decke. Dann fing ich an, über Tricks nachzudenken, die ich gut am Gericht machen könnte, und über Videos, die ich von anderen Skatern dort gesehen hatte. Tricks fallen mir leicht, was schwer ist, ist zu entscheiden, welche Tricks man machen soll, in welcher Reihenfolge und mit welchen Hindernissen. Manchmal, wenn viele andere Skater da sind, hasse ich Skaten, ich komme mir dann vor wie ein Angeber. Aber morgen würde ich mein Bestes skaten und es war mir egal, was die anderen dachten. Vielleicht würde ich mal einen Kickflip Backside Tailslide auf der hüfthohen Mauer versuchen. Ich wurde ganz aufgeregt, als ich an die Kombinationen dachte und konnte es vergessen, jetzt noch einzuschlafen. Schließlich machte ich doch die Augen zu.

Ich wachte auf, als meine Ma mich anfuhr. „Mach dich fertig, wir gehen zu einer Geburtstagsparty."

„Was?" erwiderte ich. „Kann ich nicht statt dessen mit meinen Freunden skaten gehen?"

„Du darfst dein Skateboard mit zu der Party nehmen, aber das heißt nicht, daß du abhaust und mit deinen Freunden losziehst."

„In Ordnung."

Also zog ich mich an und frühstückte. Meine Tante hat ein großes altes Haus am General Hospital. Es gibt dort coole Plätze, um herumzuskaten, aber ich freute mich schon darauf, am Gericht zu fahren.

We finally got to my aunt's and I said hi to all my relatives, and happy birthday to my cousin.

One of my uncles looked at me and said, "Man, you're getting bigger by the minute."

Then I replied, "Aren't we all?"

He laughed. "There's a cooler in the back with beer and sodas." I told him thanks. On my way to get a drink, one of my cousins asked to see my board. I handed it to him. He said, "Damn, it's light bro."

"Yeah, it makes it easier to flip and makes it pop higher."

Then he held the board, looked at me and said, "I wanna show you something." He took me down to the basement and showed me a picture of his older brother, the one that got shot two years ago. It was a photo of him holding a plastic skateboard. Then he said, "Yeah, when Tony was little, he liked to skateboard." He showed me another picture with Tony going down a hill, and a man running next to him with blond hair. I asked, "Who's that next to him?"

"That's his father."

"These are cool photos."

"I'll show you one of his dad's bikes, look at that."

I looked at the photo and it's my aunt. Man, she was beautiful, she must have been about my age in this photo, and she's standing with a baby next to one of the toughest looking Harleys I have ever seen. I was looking at the photo, the colors, the bike, how beautiful and young my aunt was, and then the door opened all on its own. I set the picture down slowly and said, "Man, I'm hungry."

"Yeah," he said. "Let's see if there's food."

So, we stepped out from the basement into the backyard, and there was a collection of old beat-up cars. My mom came out and I told her I was going skating. She said, "OK, but don't go far."

I asked her if I could have some money for a soda.

Wir kamen schließlich zu meiner Tante, und ich sagte allen meinen Verwandten hallo und happy birthday zu meinem Cousin.

Einer meiner Onkel schaute mich an und sagte: „Mann, du wirst ja jede Minute größer."

Ich erwiderte nur: „Werden wir das nicht alle?"

Er lachte. „Hinten steht ein Kühlschrank mit Bier und Limo." Ich bedankte mich bei ihm. Auf dem Weg, mir einen Drink zu holen, fragte einer meiner Cousins, ob er mein Board sehen könnte. Ich gab's ihm. Er sagte: „Verdammt, Bruder, ist das leicht."

„Jeah, macht es einfacher zu flippen und läßt einen höher springen."

Währenddessen hielt er das Brett, schaute mich an und sagte: „Ich möchte dir was zeigen." Er nahm mich mit runter in den Keller und zeigte mir ein Bild von seinem älteren Bruder, der vor zwei Jahren erschossen worden war. Es war ein Foto, auf dem er ein Plastikskateboard hält. Dann sagte er: „Jeah, als Tony klein war, fuhr er gerne Skateboard." Er zeigte mir noch ein anderes Bild, auf dem Tony einen Hügel runterfährt und ein Mann mit blonden Haaren neben ihm herrennt. Ich fragte: „Wer ist das neben ihm?"

„Das ist sein Vater."

„Das sind coole Fotos."

„Ich zeige dir eins von den Motorrädern seines Dads, schau dir das mal an."

Ich schaute mir das Foto an, und drauf war meine Tante. Mann, sah die schön aus, sie muß auf dem Foto ungefähr so alt gewesen sein wie ich jetzt, und sie steht neben einer der stärksten Harleys, die ich jemals gesehen habe. Während ich mir das Foto anschaute, die Farben, das Motorrad, wie schön und jung meine Tante war, ging auf einmal ganz von alleine die Tür auf. Ich nahm das Bild langsam herunter und sagte: „Mann, hab ich einen Hunger."

„Jeah", sagte er. „Laß uns sehen, ob es was zu essen gibt."

Also liefen wir aus dem Keller in den Hinterhof, wo eine Sammlung alter verbeulter Autos stand. Meine Ma kam raus, und ich sagte ihr, daß ich skaten ginge. Sie sagte: „Okay, aber fahr nicht zu weit."

Ich fragte sie, ob ich ein bißchen Geld für eine Limo haben könnte.

„Hier gibt es genug Limo."

"There are sodas here."

"Well, OK. Can I have some money for candy or video game?"

"OK," she said, reached into her purse and gave me a five dollar bill.

I quickly put myself on a RTD bus headed straight for the Santa Monica Courthouse. I got there in about an hour and a half and none of my friends were there, but Rodney Mullen and a couple of other people from World Industries. I said what's up, and started skating around, getting warmed up. It was crowded, but I didn't really know anybody, well at least not on a personal level. So I just started doing tricks and stuff. Then a guy with a video camera asked, "That trick looked cool, can you do that one again?"

"Sure," I said. "But which one?"

"The nollie flip up the stairs."

I started pushing a little faster than normal 'cause I wanted to go fast and land smooth, but I lagged on the pop. I landed with all of my weight on my front foot, and heard it go snap. It was busted. I had been in pain before, but this was the worst. I clenched my teeth with my eyes closed, then I opened them. Four or five skaters were huddled around me, and the worst thing was I didn't know any of them. One said, "Damn, boy, your need to see a doctor."

I looked down and it was out of place. The only thing that was going through my mind was, "Why the fuck did I come here?"

Then Rodney asked, in a quiet, shy kind of voice, "Are you alright?"

I looked straight into his eyes and said, "I'm pretty sure it's broke."

Then he said, in an even softer voice, "If you can make it to our van, I'll drive to a hospital."

"Would you please?"

Two big guys lifted me up from under my shoulders. I

„Also, okay. Kann ich dann ein bißchen Geld für Süßigkeiten oder ein Videospiel haben?"

„Okay", sagte sie, griff in ihr Portemonnaie und gab mir einen Fünf-Dollar-Schein.

Ich setzte mich so schnell es ging in einen RTD-Bus in Richtung Santa Monica Gericht. Ich brauchte ungefähr anderthalb Stunden bis dorthin, und keiner meiner Freunde war da, sondern nur Rodney Mullen und ein paar andere Leute von World Industries. Ich sagte hallo und fing an rumzuskaten, um mich aufzuwärmen. Es war viel los, aber ich kannte eigentlich keinen, zumindest nicht persönlich. Also legte ich los und machte Tricks und so. Nach einiger Zeit fragte mich ein Typ mit einer Videokamera: „Der Trick sah cool aus, kannst du den nochmal machen?"

„Klar", sagte ich. „Aber welchen?"

„Den Nollieflip die Treppe hoch."

Ich stieß mich ein bißchen fester ab als gewöhnlich, weil ich schnell sein wollte und weich landen wollte, aber ich sprang zu spät ab. Ich landete mit meinem ganzen Körpergewicht auf dem vorderen Fuß und hörte ein Knacksen. Er war gebrochen. Ich hatte schon Schmerzen gehabt, aber das hier war das Schlimmste. Mit geschlossenen Augen biß ich die Zähne zusammen, dann öffnete ich sie. Vier oder fünf Skater standen um mich herum und das Blödste daran war, daß ich keinen von ihnen kannte. Einer sagte: „Scheiße, Junge, du mußt zu einem Arzt."

Ich schaute runter, und der Fuß war verdreht. Das einzige, was mir durch den Kopf ging, war: „Warum zum Teufel bin ich hergekommen?"

Dann fragte Rodney in einem ruhigen, fast scheuen Ton: „Bist du okay?"

Ich schaute ihm direkt in die Augen und antwortete: „Ich bin ziemlich sicher, daß er gebrochen ist."

Daraufhin sagte er, in einem noch sanfteren Ton: „Wenn du es bis zu unserem Bus schaffst, fahre ich dich zu einem Krankenhaus."

„Würdest du das bitte tun?"

Zwei große Typen hoben mich unter den Achseln hoch. Ich nahm

figured one of them must be Shawn Sheffey or Salman Agah, because both these guys were huge. They got me to the van and my leg was really hurting. Every time my heart pumped blood to the swollen area, I knew about it.

Rodney was driving, and another skater came with us, I thought it may be Daewon. I told them to take me to the general hospital, it's the one where the soap opera originated from. I gave directions, and mumbled to myself, "Why?"

Then, with that soft voice, Rodney looked over and said, "Incredibly gifted, you have so much talent." I couldn't believe what I was hearing as I was staring at my fat ankle thinking I'd rather be at home watching a movie or just plain staring at the ceiling.

Finally, we were getting closer to the hospital. I asked him to go to the emergency area. He pulled up, put the van in park, looked over, and with a calm voice said, "You're gonna be alright."

Then he said, "I'll try and get a wheelchair." The other kid stayed with me. I looked over my shoulder, and asked, "Have you ever been hurt bad?"

"Yeah." He asked me how old I am, then said, "Things heal a lot faster when you're young."

Rodney came back with a wheelchair. I got right in it, and told them to put my skateboard on the back of the handles. It wouldn't hold, then I reached for it, and rested it in my lap. They asked, "Do you want us to wait with you?"

"No, but thanks," I told them. "I'm gonna call my mom, thanks for bringing me."

"OK, I hope it gets better," Rodney said. Then they both got into the van, and I waved as they drove off. In my mind I was thinking that I wished I would have known them better so they would have stayed.

I wheeled myself in and told the lady all my info, showed her my ID, she took my pulse and all that. I also got a name tag for my wrist. One cool thing was that it didn't

an, daß der eine Sean Sheffey oder Salman Agah sein müßte, weil diese beiden Typen so riesig waren. Sie brachten mich zum Bus, und mein Bein tat höllisch weh. Ich spürte es jedesmal, wenn mein Herz Blut durch den geschwollenen Fuß pumpte.

Rodney fuhr, und ein anderer Skater kam mit uns, ich glaube, es könnte Daewon gewesen sein. Ich bat sie, mich zum General Hospital zu bringen, dem, in dem die Soap-opera spielt. Ich erklärte den Weg und murmelte „Warum?" vor mich hin.

Irgendwann schaute Rodney nach hinten und sagte mit dieser sanften Stimme: „Wahnsinnig begabt, du hast soviel Talent." Ich konnte kaum glauben, was ich da hörte, während ich auf meinen fetten Knöchel starrte und dachte, daß ich eigentlich lieber zu Hause wäre und Video schauen oder einfach an die Decke starren würde.

Endlich kamen wir in die Nähe des Krankenhauses. Ich bat ihn, zur Notaufnahme zu fahren. Er fuhr in die Einfahrt, parkte den Bus, schaute zu mir rüber und sagte mit ruhiger Stimme: „Das wird schon wieder."

Dann sagte er: „Ich versuche, einen Rollstuhl aufzutreiben." Der andere Junge blieb bei mir. Ich schaute über die Schulter und fragte: „Hast du dich schon mal schwer verletzt?"

„Klar." Er fragte mich, wie alt ich sei und sagte dann: „Es heilt viel schneller, wenn man jung ist."

Rodney kam mit einem Rollstuhl zurück, ich setzte mich sofort rein und sagte ihnen, sie sollten mein Skateboard auf die Griffe legen. Es hielt aber nicht, also schnappte ich es mir und legte es auf meinen Schoß. Sie fragten: „Sollen wir mit dir warten?"

„Nein, aber trotzdem danke", sagte ich. „Ich rufe meine Ma an, danke fürs Bringen."

„Okay, ich hoffe, daß es dir bald wieder besser geht", sagte Rodney. Dann stiegen beide in den Bus, und ich winkte, als sie davonfuhren. Insgeheim dachte ich, daß ich sie gerne besser gekannt hätte, so daß sie noch geblieben wären.

Ich rollte mich selbst rein und gab der Lady die ganze Info, zeigte ihr meinen Ausweis, sie nahm mir den Blutdruck ab und das ganze Zeug. Ich bekam sogar ein Namensschild für mein Handgelenk. Das

seem as crowded as usual. I finally got to the pay phone, but now I didn't remember my aunt's number. I guess things could be worse.

This seems unbelievable, but one of my cousins is a paramedic, and right as a I looked down the hall, I saw him walking toward me. The first thing he said was, "Oh my God, what are you doing here?"

I explained just about everything, then told him I was trying to call my mom. He grabbed my chair and wheeled me into his office. Next thing I know he was handing me the phone, and my mom was on it. Her first words were, "I told you to stay close, didn't I?"

"Yes, mom."

"And now what's happend?"

"I broke my ankle."

"I'll be there in a while."

I handed the phone back to my cousin. I felt bad, I would had rather got hit by a car in front of my aunt's house than this. Then my cousin wheeled me out and stopped a nurse. "Could you do me a favor?" he asked. "This is my cousin, could you wheel him to see a doctor?"

After an X-ray, I went into a room with a kid screaming his head off. Listening to him scream seemed to ease my pain. Then a nurse came in and said, "Today must be your lucky day."

"How'd you know?"

"'Cause I just guessed."

We got into an elevator, went up two floors, and into another room. There was a kid about my age with his leg in traction, with a huge cast on it. He was asleep. The nurse parked my movable bed right next to him. Then she gave me some pain killers. I told her, "I hope these pills are just vitamins, 'cause drugs wrecked all my heroes' lives."

"Like who?" the nurse asked.

einzig Coole war, daß es nicht so voll war wie sonst. Ich kam schließlich zu einem Telefon, aber dann konnte ich mich nicht mehr an die Nummer meiner Tante erinnern. Es hätte Schlimmeres geben können.

Ich weiß, daß es sich unglaublich anhört, aber einer meiner Cousins ist Sanitäter, und gerade als ich durch das Foyer schaute, sah ich ihn auf mich zukommen. Das erste, was er sagte, war: „Mein Gott, was machst du denn hier?"

Ich erzählte ihm alles haarklein und bat ihn dann, meine Ma anzurufen. Er schnappte sich meinen Stuhl und schob mich in sein Büro. Das nächste, an das ich mich erinnere, ist, wie er mir das Telefon reichte und meine Ma dran war. Das erste, was sie sagte war: „Ich habe dir doch gesagt, daß du in der Nähe bleiben sollst, oder?"

„Ja, Mama."

„Erzähl mal, was ist passiert?"

„Ich hab mir den Knöchel gebrochen."

„Ich mache mich gleich auf den Weg."

Ich gab meinem Cousin den Hörer zurück. Ich hatte ein schlechtes Gewissen, ich wäre lieber vor dem Haus meiner Tante von einem Auto angefahren worden als das hier. Dann schob mich mein Cousin raus und hielt eine Krankenschwester an. „Könnten Sie mir einen Gefallen tun?" fragte er. „Dies hier ist mein Cousin, könnten Sie ihn zu einem Arzt fahren?"

Nach dem Röntgen kam ich in ein Zimmer, in dem ein Kind lauthals schrie. Ihm beim Schreien zuzuhören, linderte ein wenig meine eigenen Schmerzen. Dann kam eine Krankenschwester rein und sagte: „Heute muß dein Glückstag sein."

„Wie kommen Sie drauf?"

„Habe ich bloß angenommen."

Wir nahmen den Fahrstuhl, fuhren zwei Stockwerke hoch und in ein anderes Zimmer. Dort lag ein Junge meines Alters mit seinem Bein in einer Schlaufe, drumherum ein riesiger Gips. Er schlief. Die Schwester parkte mein fahrbares Bett direkt neben ihm. Dann gab sie mir ein paar Schmerztabletten. Ich sagte zu ihr: „Ich hoffe, das sind wirklich nur Vitamine, denn Drogen haben das Leben aller meiner Idole ruiniert."

„Und die wären?" fragte die Krankenschwester.

My reply was quick, "Freddie Prince, John Belushi, Kurt Cobain, and River Phoenix."

After that, she tried to stop me, but I had already swallowed them. My leg was throbbing, and I needed something to relax me for when my mom showed up. The nurse left. I rested for a short while, then the doctor came in with my mother. I looked at her and she didn't really look mad, she looked sad, like she was gonna cry. Then they both sat on the stools next to my bed. My mom put her right hand on my forehead, looked at me and said, "I guess you got hurt pretty bad, they're gonna keep you here a few nights." Then it hit me how serious it was. We both started crying. Then the doctor showed us the X-ray and told us when I was to go into surgery. I was completely tripped out, I had thought I would just have a cast, wait a few weeks, and then be back into action. I looked over at the kid next to me, he started to wake up. The doctor said, in a very deep voice, "Are you up? I want you to meet David, he's your new roommate."

I looked up at David and said what's up. Then the doctor said, "You two have very similar breaks, but on opposite legs. If you were to combine two of your non-broken legs, one of you could walk out of here." I just looked down at my leg, and was sad. The doctor left, and me and my mom talked for a while.

"I'll bring some stuff from home for you."

"OK, can you bring movies, candy, and magazines?"

"Sure," she said. Then she gave me a hug, and started to leave, but I was sad. I didn't really want her to go. Who knows, she could have got into an automobile accident or something. I just had the feeling like, who knows what could happen next.

I was zoning on the ceiling. I looked over towards David, he was reading a book. He stopped reading and looked over towards me, and asked, "So, how'd you break your leg?"

Meine Antwort kam schnell: „Freddie Prince, John Belushi, Kurt Cobain und River Phoenix."

Sofort versuchte sie, mich zu stoppen, aber ich hatte die Pillen schon runtergeschluckt. Mein Bein pochte, und ich brauchte etwas, um mich zu entspannen, bevor meine Ma hier aufkreuzte. Die Schwester ging. Ich ruhte mich ein wenig aus, dann kam auch schon der Arzt mit meiner Mutter. Ich schaute sie an, und sie sah gar nicht so wütend aus, eher traurig, als ob sie gleich anfangen würde zu heulen. Dann setzten sie sich auf die Stühle neben meinem Bett. Meine Ma legte ihre rechte Hand auf meine Stirn, schaute mich an und sagte: „Ich glaube, du hast dir ziemlich weh getan, sie werden dich ein paar Nächte hierbehalten." Jetzt wurde mir erst klar, wie ernst es war. Wir fingen beide an zu heulen. Dann zeigte uns der Arzt das Röntgenbild und teilte uns mit, wann ich operiert werden würde. Ich bin total ausgetickt, ich dachte, ich würde einfach nur einen Gips bekommen, ein paar Wochen warten und dann wieder zurück auf die Piste. Ich schaute rüber zu dem Jungen neben mir, der langsam aufwachte. Der Arzt sagte mit einer sehr tiefen Stimme: „Bist du wach? Ich möchte dir David vorstellen, er ist dein neuer Zimmergenosse."

Ich schaute hoch zu David und sagte hallo. Daraufhin sagte der Arzt: „Ihr beiden habt sehr ähnliche Brüche, allerdings am entgegengesetzten Bein. Wenn ihr eure nicht-gebrochenen Beine zusammentun würdet, könnte einer von euch beiden hier rauslaufen." Ich schaute nur an meinem Bein runter und war traurig. Der Arzt ging, und meine Ma und ich redeten eine Zeitlang.

„Ich werde dir ein paar Sachen von zu Hause holen."

„Gut, kannst du mir ein paar Filme, Süßes und Magazine bringen?"

„Sicher", sagte sie. Dann umarmte sie mich und machte sich auf den Weg, aber ich blieb traurig zurück. Ich wollte eigentlich nicht, daß sie ging. Wer weiß schon, sie könnte in einen Autounfall verwickelt werden oder etwas Ähnliches. Ich dachte einfach nur, wer weiß schon, was als nächstes passiert.

Ich lag da und starrte an die Decke. Ich schaute rüber zu David, er las gerade ein Buch. Er hörte auf zu lesen und schaute auch zu mir rüber und fragte: „Also, wie hast du dir dein Bein gebrochen?"

"Skateboarding. And you?"

"Playing basketball, which was totally stupid 'cause a month from now I was supposed to go on tour with the American gymnastics team. I woudn't be so mad if I had broke it in training or at a meet. But the one time I goof off, I bust my leg."

"That's strange," I said. "Usually I'm goofing off, and the one time I take my skating serious and try to get sponsored, I break my leg."

"Wow, that is weird!"

Out of curiosity I asked, "What are you reading?"

"The Jim Thorpe Story."

"I think I saw a TV show on him. I'm not much of a reader. I just like watching TV and going to the movies."

"Well, if you feel up to it, I have a stack of books. It will help take your mind off the stuff you'll be wishing you could be doing."

"Well, what books do you have?"

David leaned over and said, "You might like this one, it's an American classic." He handed me a book. I looked at the painting on the cover. First I saw a lady's eyes and lips, and a city of lights in the background. I opened to the title page, *The Great Gatsby*, F. Scott Fitzgerald. Then I read the preface, "What little I've accomplished has been by the most laborious and uphill work, and I wish now I'd never relaxed or looked back—but said at the end of *The Great Gatsby:* 'I've found my line—from now on this comes first. This is my immediate duty—without this I am nothing.'"

„Skateboarding. Und du?“

„Beim Basketballspielen, was total bescheuert war, weil ich in einem Monat mit der amerikanischen Turnmannschaft auf Tour gehen sollte. Ich würde mich nicht so ärgern, wenn ich es mir im Training oder bei einem Wettkampf gebrochen hätte. Aber das eine Mal, wo ich rumalbere, breche ich mir mein Bein.“

„Das ist merkwürdig“, sagte ich. „Normalerweise albere ich herum, und das eine Mal, das ich mein Skaten ernst nehme und versuche gesponsort zu werden, breche ich mir das Bein.“

„Wow, das ist verdreht!“

Aus reiner Neugier fragte ich: „Was liest du gerade?“

„Die Jim-Thorpe-Story.“

„Ich glaube, ich habe eine Sendung über ihn gesehen. Ich bin kein großer Leser. Ich gucke lieber Fernsehen oder gehe ins Kino.“

„Na, falls du Lust hast, ich habe hier einen ganzen Stapel Bücher. Es wird dir helfen, nicht daran zu denken, was du eigentlich lieber tun würdest.“

„Gut, was für Bücher hast du da?“

David beugte sich rüber und sagte: „Das hier könnte dir gefallen, es ist ein amerikanischer Klassiker.“ Er gab mir das Buch. Ich schaute mir das Bild auf dem Cover an. Als erstes fielen mir die Augen und Lippen einer Frau auf und eine Stadt mit vielen Lichtern im Hintergrund. Ich schlug die Titelseite auf: *Der große Gatsby* von F. Scott Fitzgerald. Dann las ich das Vorwort: „Das wenige, das ich zustandegebracht habe, kam nur durch mühsame und beschwerliche Arbeit, und ich wünschte nun, daß ich niemals geruht oder zurückgeblickt hätte – sondern am Ende von *Der große Gatsby* gesagt hätte: ‚Ich habe meine Linie gefunden – ab sofort zählt das zuerst. Dies ist meine innerste Pflicht – ohne das bin ich nichts.‘ “

POETRY IS FOR PUSSIES

Playing Hooky

I definitely don't like school. I guess it would be OK to say that I hate school. The stupid cast on my leg had me going berserk, so the only thing I could do was scribble. That's what most teachers would call the junk I write. I get fails on everything I turn in, so what. Flunking's nothing new to me—in fact, it was one of the last times that I applied myself and still got an F that made me decide to give up and not even bother going. I remember it perfectly. It was two weeks before I busted my leg. All I'd do is ditch like a little scrambler, avoiding truancy officers and narcs. I wish I was school smart 'cause if I was, I'd sue the stupid L.A.U.S.D. for not being able to keep me on campus. That's a narc's job. I'd argue it like this: Had the school been able to accomodate my educational needs correctly, I would never have busted my leg because I would never have been out on the streets in the first place. Oh well, I'm not school smart now—probably never will be. I'll never be able to sue anybody.

The hospital was quiet because everybody was going to sleep. But not me, 'cause I wasn't tired. I'm never tired. I'm only tired of not being able to sleep. This guy in bed next to me was snoring like a walrus. I knew now it would be twice as hard for me. My eyes wandered about my hospital room. I could see my left leg. It was totally unbroken. It felt fine and there was no cast. But my right leg was plastered up real nice, like icing on a cake. The get-well ballons were shining in the dark. "Oh fudge," I thought, "I hope I dont't die from writing scribble in a pad with no light on." I was joking. Lights are important when you're reading and writing. It's just so doggone an-

Blaumachen

Ich gehe bestimmt nicht gerne zur Schule. Ich glaube, man könnte sogar sagen, daß ich die Schule hasse. Der blöde Gips um mein Bein machte mich ganz verrückt, und das einzige, was ich tun konnte, war kritzeln. So würden jedenfalls die meisten Lehrer den Müll, den ich schrieb, bezeichnen. Ich kriege immer Fünfen, egal was ich abgebe, was soll's. Durchzufallen ist für mich nichts Neues – es war sogar bei einem der letzten Male, daß ich mich von mir aus angemeldet hatte und trotzdem ein Mangelhaft bekommen habe, woraufhin ich beschloß, aufzuhören und gar nicht mehr hinzugehen. Ich kann mich noch genau daran erinnern. Es war zwei Wochen bevor ich mir das Bein brach. Ich tat nichts anderes, als zu schwänzen und Schulaufsehern und Spitzeln aus dem Weg zu gehen. Ich wünschte, ich wäre besser in der Schule, denn dann würde ich die blöde Schulverwaltung verklagen, weil sie mich nicht auf dem Schulgelände halten konnten. Das ist die Aufgabe der Spitzel. Ich würde so argumentieren: Wäre die Schule in der Lage gewesen, meine erzieherischen Bedürfnisse zu erfüllen, hätte ich mir nie das Bein gebrochen, weil ich mich dann nicht auf der Straße rumgetrieben hätte. Nun ja, so gut bin ich noch nicht in der Schule – werde ich wahrscheinlich auch nie sein. Ich werde wohl nie jemanden verklagen können.

Es war ruhig im Krankenhaus, da alle schlafen gegangen waren. Nur ich nicht, ich war noch nicht müde. Ich bin nie müde. Ich werde nur manchmal müde davon, nicht schlafen zu können. Dieser Typ im Bett neben mir schnarchte dagegen wie ein Walroß. Das bedeutete für mich, daß es doppelt schwer würde. Meine Augen wanderten im Krankenzimmer umher. Ich konnte mein linkes Bein sehen. Es war ganz ganz. Es fühlte sich gut an und es hatte keinen Gips. Aber mein rechtes Bein war nett eingegipst, wie Schlagsahne auf einem Kuchen. Die Gute-Besserung-Ballons leuchteten im Dunkeln. „Oh nein“, dachte ich, „hoffentlich sterbe ich nicht daran, daß ich ohne Licht in meine Kladde

noying the way teachers or older people always remind you. The hospital room was just like any other hospital room. It had a zillion things that shouldn't be touched by any unauthorized personnel. I didn't have to worry about that because I wasn't gonna touch anyhing.

I turned my reading lamp on and watched my watch with my eyes. It's fun looking at the hand's tick and move. It's like a trick time. It's tricky, if you're stopped it's going and if you're going then it's stopped. This might not make sense to many people. That's why I get F's 'cause I write down scribble and I don't make sense. But that doesn't matter because I have fun. Speaking of fun, I set down my new get-well watch and snuck over to spy on the snorer. I bet that whoever slept next to him at home was happy he was hospitalized. Well, not happy, maybe they snored too. Maybe they both snored and snoring alone made them feel alone, like a lonely snorer. I got down from my bed cautiously and felt light-headed as I scuffled over to the curtains that separated my room from the snoring person's room. I peeked in and was shocked at what I saw. There was a skinny old lady who was wide awake. She was sitting up in her bed with a cassette recorder in her lap. When she saw me she pushed a button and the snoring stopped. I was frightened and I guess she was too. She grumbled, "What are you doing peeking in my room? I'm calling security!"

"No, no ma'am, I'm sorry. I just heard you snoring loud and I couldn't sleep so I wanted to wake you up and tell you to turn over so you'd stop snoring." I closed the curtain and hobbled back around to my bed. I boosted myself back onto my bed and laid there a little tripped out, wondering why that lady had a recording of somebody snoring. Fifteen seconds of wondering went by before I noticed a little shake in the curtain. I heard the lady moving around.

kritzle." Ich machte Spaß. Licht ist schon wichtig, wenn man liest und schreibt. Es ist nur so unglaublich nervig, wenn einen Lehrer und Eltern ständig daran erinnern. Das Krankenzimmer war genau wie alle anderen Krankenzimmer. Es gab eine Billion Dinge, die nur vom Personal angefaßt werden durften. Darüber brauchte ich mir keine Sorgen zu machen, ich würde hier sowieso nichts anrühren.

Ich machte meine Nachttischlampe an und verfolgte mit den Augen meine Uhr. Es macht Spaß, daß Ticken und Laufen an der Hand zu beobachten. Es kommt dir vor wie Trickzeit. Der Trick daran ist, daß wenn du stoppst, läuft sie und wenn du läufst, stoppt sie. Das mag für viele keinen Sinn ergeben. Deswegen bekomme ich ja auch Fünfen, weil ich mir Kritzeleien notiere, die keinen Sinn ergeben. Aber das macht nichts, ich habe meinen Spaß dabei. Wo wir gerade von Spaß reden, ich legte meine neue Gute-Besserung-Uhr wieder hin und schlich rüber, um nach dem Schnarcher zu spinksen. Ich hätte wetten können, daß wer auch immer zu Hause neben ihm schlief, happy war, daß er im Krankenhaus lag. Na ja, vielleicht nicht happy, vielleicht schnarchten sie auch. Vielleicht schnarchten sie alle, und alleine zu schnarchen machte sie einsam, wie einen einsamen Schnarcher. Ich glitt vorsichtig aus meinem Bett und mir war schwindelig, als ich zu dem Vorhang rüberschlurfte, der mein Zimmer von dem des Schnarchers trennte. Ich spähte hinein und war geschockt von dem, was ich sah. Dort befand sich eine magere alte Dame, die hellwach war. Sie saß aufrecht in ihrem Bett, mit einem Kassettenrecorder auf dem Schoß. Als sie mich sah, drückte sie einen Knopf, und das Schnarchen stoppte. Ich hatte Angst und ich glaube sie auch. Sie murmelte: „Was guckst du in mein Zimmer? Ich rufe den Sicherheitsdienst!"

„Nein, bloß nicht, es tut mir leid. Ich habe Sie nur laut schnarchen gehört und konnte nicht schlafen, also wollte ich Sie aufwecken und Ihnen sagen, daß Sie sich rumdrehen, damit Sie aufhören zu schnarchen." Ich zog den Vorhang zu und humpelte zurück zu meinem Bett. Ich hievte mich selbst drauf und lag ein wenig verdattert da, mich fragend, warum diese Lady Aufnahmen von einem Schnarchen hatte. Fünfzehn Sekunden vergingen so, bis ich eine leichte Bewegung des Vorhangs bemerkte. Ich hörte, wie die Lady herumhantierte.

"Is it OK if enter your room?" I knew it was the old lady, I recognized her voice.

"OK," I said. Then she entered. She had her IV and oxygen on a little rollie.

"I would have knocked," the old lady said, "but there's no wood to knock on."

"It's OK. What is it?"

"I saw your light on so I presumed you were still awake."

"Yeah, I'm still awake. Have a seat," I told the old woman. She sat in a visitor's chair.

"I suppose you are wondering why I came over here." I told her no, I wasn't wondering why she came over, but she told me anyway. "See this?" She showed me her recorder.

"Yeah, what is it?"

"It's a digital recorder. I can record anything, crystal clear, from miles away."

"Oh yeah?"

"Yeah."

"So who is that snoring that you've got recorded?"

"It's my husband. He's hospitalized down the street. We have different insurance plans, so he's over there while I'm over here."

"Oh yeah?" I asked in an interested voice. I didn't want to be too cold to this old woman. She continued.

"Whenever I can't sleep I just play the recording of him snoring and then I just imagine that he's right next to me."

"That's a good idea," I told the lady. I was really thinking that she was nuts, but didn't want to give off that impression. It might keep her up. "Did your husband buy that digital recorder for you?" I asked.

"Oh no, my husband doesn't know about my digital recorder. Only my son knows. He got it for me. He's a really important person."

"Yeah? What's he do?"

„Ist es in Ordnung, wenn ich in dein Zimmer komme?" Ich wußte, daß es die alte Dame war, ich erkannte ihre Stimme wieder.

„In Ordnung", sagte ich. Dann kam sie herein. Sie hatte ihren Tropf und Sauerstoff auf einem kleinen Wagen bei sich.

„Ich hätte geklopft", sagte die alte Dame, „aber es gibt leider kein Holz, um anzuklopfen."

„Ist schon okay. Was gibt's?"

„Ich sah Licht bei dir, also nahm ich an, daß du noch wach bist."

„Ja, ich bin noch wach. Setzen Sie sich", bot ich der alten Dame an. Sie nahm auf einem Besucherstuhl platz.

„Ich nehme an, du fragst dich, warum ich hier rübergekommen bin." Ich antwortete ihr mit Nein, ich würde mich nicht fragen, warum sie rübergekommen sei, sie sagte es mir aber trotzdem. „Siehst du das?" Sie zeigte mir ihren Recorder.

„Jeah, was ist das?"

„Das ist ein Digitalrecorder. Ich kann alles damit aufnehmen, kristallklar, meilenweit."

„Ach, wirklich?"

„Ja, wirklich."

„Und wessen Schnarchen ist das, das Sie da aufgenommen haben?"

„Das ist mein Mann. Er liegt in dem anderen Krankenhaus auf dieser Straße. Wir haben unterschiedliche Krankenversicherungen, also ist er dort, während ich hier bin."

„Ach, wirklich?" fragte ich in interessiertem Tonfall. Ich wollte nicht zu kalt erscheinen gegenüber dieser alten Dame. Sie fuhr fort.

„Wenn ich nicht schlafen kann, spiele ich einfach die Aufnahme von seinem Schnarchen und stelle mir vor, daß er neben mir liegt."

„Das ist eine gute Idee", sagte ich der Lady. Ich dachte wirklich, sie wäre durchgedreht, aber ich wollte es mir nicht anmerken lassen. Sie hätte sonst bestimmt nicht schlafen können. „Hat Ihr Mann Ihnen den Digitalrecorder gekauft?" fragte ich sie.

„Oh nein, mein Mann weiß nichts von dem Digitalrecorder. Nur mein Sohn weiß davon. Er hat ihn mir besorgt. Er ist eine sehr wichtige Persönlichkeit."

„Wirklich? Was macht er?"

"He is the head of ICA," she said.

"What's that?"

"It stands for the International Certificate Association."

Now I was getting interested. The old lady was sitting there with the digital recorder in her hand. I felt sad for her. She had the top-of-the-line technology. Why couldn't she be next to her husband? Then I asked her, "If your son is so important, he should be able to arrange for his mother and father to have hospital beds next to each other, or if not that, at least to be in the same hospital."

"Well, my son is very busy, not only with work, but with a family of his own." She began to weep the way older people do. It made me incredibly sad. I changed the subject as fast as I could by dropping my watch from the bedstand to the floor. It fell perfectly right beside her feet. She picked up the watch and handed it to me.

"Oh, thank you," I said. "My uncle Bob bought this for me. It's a get-well watch." I was holding it in my hand and looking at it.

"Funny gift," the old woman said.

"Why?" I asked.

"Because in a hospital, the last thing you want to be reminded of is time."

"I told him I wanted a watch though, so it's not that strange of a gift. You wanna see how it lights up in the dark? Watch the hands move. They glow."

I showed her the watch. Suddenly a good idea came to mind. "It would be a lot better if it had a mini digital recorder that could run off of a super tiny battery."

"Yeah," the old lady said. "Maybe next year."

"Can you show me how your digital recorder works?"

"No," the old lady said. She was still sad. "Maybe tomorrow." She began to head back to her side of her room.

"Good night," I said.

"Good night," she replied.

„Er ist Vorsitzender der IZV", sagte sie.

„Was ist das?"

„Das steht für Internationaler Zeugnis Verband."

Jetzt wurde es spannend für mich. Die alte Dame saß da und hielt ihren Digitalrecorder in der Hand. Sie tat mir leid. Sie hatte das Neueste vom Neuen an Technologie. Aber warum konnte sie nicht einfach bei ihrem Mann sein? Darum fragte ich sie: „Wenn Ihr Sohn so wichtig ist, sollte es ihm doch möglich sein, für seine Mutter und seinen Vater Krankenbetten nebeneinander zu organisieren, oder wenn nicht das, wenigstens im selben Krankenhaus."

„Nun, mein Sohn ist sehr beschäftigt, nicht nur mit seiner Arbeit, sondern auch mit seiner eigenen Familie." Sie begann zu weinen, wie nur ältere Leute es tun. Das machte mich unsagbar traurig. So schnell ich konnte, wechselte ich das Thema, indem ich meine Uhr vom Nachttisch auf den Boden fallen ließ. Sie fiel perfekt neben ihre Füße. Sie hob die Uhr auf und händigte sie mir aus.

„Oh, vielen Dank", sagte ich. „Mein Onkel Bob hat sie für mich gekauft. Es ist eine Gute-Besserung-Uhr." Ich hielt die Uhr in meiner Hand und schaute darauf.

„Merkwürdiges Geschenk", sagte die alte Dame.

„Wieso?" fragte ich.

„Weil die Zeit in einem Krankenhaus das Letzte ist, woran man erinnert werden möchte."

„Ich hatte ihm aber gesagt, daß ich mir eine Uhr wünsche, also ist es kein allzu merkwürdiges Geschenk. Möchten Sie sehen, wie sie im Dunkeln leuchtet? Schauen Sie die Bewegung der Zeiger. Sie leuchten."

Ich zeigte ihr die Uhr. Plötzlich kam mir eine gute Idee. „Sie wäre noch viel besser, wenn sie einen Mini-Digitalrecorder mit einer super-kleinen Batterie hätte."

„Ja", sagte die alte Dame. „Vielleicht nächstes Jahr."

„Können Sie mir mal zeigen, wie Ihr Digitalrecorder funktioniert?"

„Nein", sagte die alte Dame. Sie war immer noch traurig. „Vielleicht morgen." Sie ging wieder zurück in Richtung ihres Zimmers.

„Gute Nacht", sagte ich.

„Gute Nacht", antwortete sie.

When she was gone I turned out the light and watched the glow-in-the-dark hands move. Before I fell asleep, I tried hard to listen, to see if I could hear her playing the digital recording of her husband snoring, but I couldn't hear it. Maybe she's got some high-tech head phones. I set the watch on the bedstand. When the sun was up I closed my eyes. Sleeping is complicated.

The next morning I woke up and the nurse brought in my food. It smelled healthy. The nurse's voice sounded sincere. "Good morning, patient."

"Good morning, nurse." The nurse asked if I'd care for a breakfast guest.

"Who is it?" I asked.

"The old woman next door," she said.

"OK, I guess so." I felt kinda happy. It was like I had made a friend. She wasn't my age, but she was cool. I was anxious for more conversation. The curtain that separated us was pulled open.

"Morning," the old woman said.

"Good morning, Ma'am."

"You sleep OK?" she asked me.

"No," I answered. "I never sleep OK, especially when my leg is covered with plaster." I removed the plastic dome that was protecting my food from germs. I began eating my rubber eggs.

"How's your food?" the old woman asked me.

"It's better than not having food."

She laughed, but I wasn't trying to be funny. I asked the nurse for some hot sauce.

"No," the nurse said. "You will not eat yor eggs with hot sauce."

I wasn't going to argue with her. "Can I have some salt?"

"Sure. It's on your tray."

I began looking for the salt and when I found it I got upset because the salt was low-sodium. I kept quiet about it,

Als sie weg war, machte ich das Licht aus und schaute zu, wie sich die im Dunkeln leuchtenden Zeiger bewegten. Bevor ich einschlief, lauschte ich noch, ob ich hören könnte, wie sie auf ihrem Digitalrecorder das Schnarchen ihres Mannes abspielte, aber ich konnte nichts hören. Vielleicht hatte sie irgendwelche High-Tech-Kopfhörer. Ich legte die Uhr auf den Nachttisch. Als die Sonne aufging, schloß ich meine Augen. Schlafen ist kompliziert.

Ich wachte am nächsten Morgen auf, als die Krankenschwester mein Frühstück hereinbrachte. Es roch gesund. Die Stimme der Krankenschwester klang heiter. „Guten Morgen, Patient."

„Guten Morgen, Schwester." Die Krankenschwester fragte, ob ich etwas gegen einen Frühstücksgast hätte.

„Wer ist es denn?" fragte ich.

„Die alte Dame von nebenan", sagte sie.

„Okay, ich glaube nicht." Ich war froh darüber. Es war, als ob ich einen Freund gewonnen hätte. Sie war nicht gerade mein Alter, aber sie war cool. Ich war gespannt auf eine Fortsetzung des Gesprächs. Der Vorhang, der uns trennte, wurde zur Seite gezogen.

„Morgen", sagte die alte Dame.

„Guten Morgen", sagte ich.

„Hast du gut geschlafen?" fragte sie.

„Nein", antwortete ich. „Ich schlafe nie gut, vor allem dann nicht, wenn mein Bein eingegipst ist." Ich entfernte die Plastikhaube, die mein Essen vor Bakterien schützen sollte, und fing an, meine Gummieier zu essen.

„Wie ist dein Essen?" fragte mich die alte Dame.

„Besser als nichts zu essen zu haben."

Sie mußte lachen, obwohl ich gar nicht versucht hatte, witzig zu sein. Ich fragte die Krankenschwester nach etwas scharfer Sauce.

„Auf keinen Fall", sagte die Krankenschwester. „Du wirst deine Eier nicht mit scharfer Sauce essen."

Ich wollte mich nicht mit ihr streiten. „Kann ich etwas Salz haben?"

„Natürlich. Es ist auf deinem Tablett."

Ich schaute nach dem Salz, und als ich es fand, war ich entsetzt, weil es natriumarm war. Aber ich behielt es für mich, obwohl ich schon

though. I was just happy that I was gonna be getting out soon. The nurse left, and then it was just me and the old woman, alone.

"Boy am I glad she's gone," the old woman said.

"Why?" I asked.

"Cause I don't like her very much, and I've got something private I want to share with you."

"What is it?"

"I won't go into full detail, but I will break it down pretty fast for you." She brought out her little digital recorder and played back a hospital visit in which my mom was getting on me about school. I couldn't believe it. At first I got pissed and told her she was invading my privacy. She told me to quiet down and listen. I couldn't help but listen. I was in disbelief. My mom's voice was coming through her tiny little contraption. "If you would have been in school where you were supposed to be, none of this would have happened." "But Mom, Mom…" when I heard my voice it was like 'Damn, my shit is maturing.'

"Wait, play that back!" As soon as I enjoyed hearing it she stopped the tape. Isn't that how it always works? This old woman was a trip. "Let me see it, I want to hear myself."

"No," she said. "I'll let you see it and show you how it works, only if you tell me if your mother was right."

"OK, yeah, Mom was right. Can I see it?"

"No. It's not a toy. This is a digital recorder. Now you wanna see it, so you'll say whatever I wanna hear, but it's not gonna be that easy. Now listen."

She played it again. I heard my mother's voice again. "If you would have been in school where you were supposed to be, none of this would have happened."

Now the old woman was quizzing me. Fuck, I hate school, but I wanted to check out that digital recorder. I put my hand up like as if I was in school. It was an automatic reaction. The old lady looked at me like I was pathetic.

froh war, daß ich bald rauskommen würde. Die Krankenschwester ging, und ich und die alte Dame blieben allein zurück.

„Junge, bin ich froh, daß sie weg ist“, sagte die alte Dame.

„Wieso?“ fragte ich.

„Weil ich sie nicht besonders leiden kann und ich etwas Persönliches habe, an dem ich dich teilhaben lassen möchte.“

„Was ist es?“

„Ich werde nicht ins letzte Detail gehen, aber ich werde es dir ziemlich schnell klarmachen.“ Sie holte ihren kleinen Digitalrecorder hervor und spielte einen Krankenbesuch meiner Ma ab, als diese mich wegen der Schule in die Zange genommen hatte. Ich konnte es nicht glauben. Zuerst wurde ich sauer und warf ihr vor, daß sie meine Privatsphäre verletzen würde. Sie sagte, ich solle mich beruhigen und zuhören. Ich konnte nicht anders, also hörte ich ungläubig zu. Die Stimme meiner Ma kam aus ihrem winzig-kleinen Apparat. „Wenn du in der Schule gewesen wärst, wo du hättest sein sollen, wäre nichts passiert.“ „Aber Mama, Mama …“ als ich meine Stimme hörte, dachte ich nur in etwa ‚Verdammt, meine Scheiße ist am Dampfen‘.

„Warten Sie, spielen Sie das noch einmal!“ Gerade als ich Gefallen daran gefunden hatte, stoppte sie das Band. Ich glaube, das ist immer so. Diese alte Frau war ein Trip. „Zeigen Sie mal, ich möchte es selbst hören.“

„Nein“, sagte sie. „Ich zeige und erkläre es dir nur, wenn du mir sagst, ob deine Mutter recht gehabt hat.“

„Alles klar, jeah, meine Ma hatte recht. Kann ich ihn sehen?“

„Nein, das ist kein Spielzeug. Das ist ein Digitalrecorder. Jetzt wo du ihn sehen möchtest, sagst du alles, was ich hören möchte, aber so einfach mache ich es dir nicht. Jetzt hör zu.“

Sie spielte es noch einmal. Ich hörte wieder die Stimme meiner Mutter. „Wenn du in der Schule gewesen wärst, wo du hättest sein sollen, wäre nichts passiert.“

Danach fing die alte Dame an mich zu interviewen. Fuck, ich hasse die Schule, aber ich wollte diesen Digitalrecorder ausprobieren. Ich hob die Hand, so als ob ich in der Schule wäre. Es war eine automatische Reaktion. Die alte Dame schaute mich mitleidsvoll an.

"What are you doing?" she asked me.

"I'm calling a nurse. That little gadget of yours is an invasion of privacy."

I felt stupid because the old woman was just laughing at me. "Why are you laughing?"

"Because the nurse isn't going to believe you."

I put my hand down slowly and realized that the nurse would not believe me. I picked up my watch and looked at that for a while. A different nurse came in to collect the leftover, flavorless unhealthyness. I take that back. Hospital food is supposed to be real good for you, nice and healthy, but I don't eat it. I was getting antsy to check out that old woman's recorder, only now she had her TV on. She was watching Family Feud. I always get pissed when people watch TV but have something else on their mind, and I know that's what she was doing. She was watching Family Feud, but waiting for me to ask how her digital recorder worked. I waited for the first commercial break, and then broke down.

"OK, my mom was right. If I had been in school, I wouldn't have broken my leg."

With her remote she zapped the TV off. She sat up in bed and looked over to me, not saying a word.

"What?" I said. "I was waiting for the…"

"Don't what me!" she replied. "What was more important than being in the school?"

"Skateboarding." I didn't say that, but that's what I was thinking. She called ditching school playing hooky. "Do you play hooky often?" she asked.

"It's ditching," I told her.

"OK, do you ditch all the time?"

"Yeah," I said. I had to be honest, she was honest with me.

"Don't you like school?"

"No."

"Why don't you like it?"

„Was machst du da?“ fragte sie mich.

„Ich rufe die Schwester. Ihr kleines Ding ist ein Angriff auf meine Privatsphäre.“

Ich kam mir albern vor, weil die alte Frau mich einfach auslachte. „Warum lachen Sie?“

„Weil die Schwester dir nicht glauben wird.“

Ich nahm meine Hand langsam herunter und realisierte, daß die Krankenschwester mir wirklich nicht glauben würde. Ich nahm meine Uhr in die Hand und schaute eine Zeitlang drauf. Eine andere Krankenschwester kam herein, um die geschmacklosen, ungesunden Überreste abzuräumen. Ich nehme das zurück. Krankenhausessen ist bestimmt sehr gut für einen, schmeckt und ist gesund, aber ich esse es nicht. Ich wurde ungeduldig und wollte den Recorder der alten Frau ausprobieren, aber jetzt hatte sie ihren Fernseher an. Sie guckte eine Quizshow. Es nervt mich immer total, wenn Leute fernsehen, obwohl sie etwas anderes im Kopf haben, und ich wußte, daß dies bei ihr der Fall war. Sie guckte zwar diese Quizshow, wartete aber darauf, daß ich sie wieder fragen würde, wie ihr Digitalrecorder funktioniert. Ich wartete auf die erste Werbeunterbrechung und kapitulierte dann.

„Okay, meine Ma hatte Recht. Wenn ich in der Schule gewesen wäre, hätte ich mir nicht das Bein gebrochen.“

Mit ihrer Fernbedienung schaltete sie den Fernseher aus. Sie setzte sich im Bett auf und schaute zu mir herüber, ohne ein Wort zu sagen.

„Was?“ sagte ich. „Ich dachte, Sie würden jetzt...“

„Was mich nicht an!“ antwortete sie. „Was war wichtiger als in die Schule gehen?“

„Skateboarding.“ Ich sagte das natürlich nicht, aber das war, was ich dachte. Sie nannte Schule schwänzen ‚blaumachen‘. „Machst du oft blau?“ fragte sie.

„Man sagt schwänzen“, erklärte ich ihr.

„Okay, schwänzt du immer?“

„Jeah“, gab ich zu. Ich mußte ehrlich sein, sie war ehrlich mit mir.

„Gehst du nicht gerne in die Schule?“

„Nein.“

„Warum nicht?“

“ ’Cause all my grades are F’s and I always get in trouble.”

I felt like I was totally exposing myself. The look on her face showed me she cared. She seemed concerned. I was quiet and held back my tears.

“You don’t seem like a bad kid. What were you doing when you broke your leg?”

“I was running from a school narc.”

She laughed and lightened things up a bit. “I bet you just about got away.”

“Yeah,” I said, “I only broke my leg ’cause I was paying too much attention to him and not to what was happening. But I didn’t want him catching me because he would have brought me into the school office and they would have had to call my mom at work and then my mom would have had to leave her job. It ends up being a huge hassle, so I thought if I could avoid the narc I’d be cool, but like I said, I was too concerned with him so POW! I busted my leg.”

The old lady looked dumbfounded. I didn’t know if she understood me. “That’s interesting. I mean in your mind you understand it all and it makes sense, but to me… I don’t understand. How did you actually break your leg?”

“Well, I was right near campus because my mom just dropped me off. I made it look like I was going, but right when I was up close to the entrance of the school I took notice of an older, sporty looking guy watching me from across the street. He followed me for two or three blocks. I kept watching him to see when he would cross over. I imagined that he would wait for me to get to where he was and then confront me.”

She was listening and seemed to be getting it all so I kept going, but before I could continue she asked, “How can you be sure he was a school narc?”

“Well…” I paused. I felt good, like I was the teacher, and a good one too because she was interested. “I knew he was a narc ’cause he busted a kid ditching a couple of

„Weil ich nur Fünfen habe und immer Ärger bekomme."

Ich kam mir vor, als ob ich mich total bloßstellen würde. Der Ausdruck auf ihrem Gesicht zeigte mir, daß sie sich sorgte. Sie schien betroffen. Ich war still und versuchte, meine Tränen zurückzuhalten.

„Du wirkst nicht wie ein schlechter Junge. Was hast du getan, als du dir das Bein gebrochen hast?"

„Ich bin vor einem Schulspitzel abgehauen."

Sie lachte und lockerte die Stimmung ein wenig auf. „Ich wette, du bist gerade so davongekommen."

„Jeah", sagte ich, „ich habe mir mein Bein nur gebrochen, weil ich zu sehr auf ihn geachtet habe und nicht auf das, was sonst vor sich ging. Aber ich wollte nicht, daß er mich schnappt, weil er mich dann ins Schulsekretariat gebracht hätte, und sie hätten meine Ma bei der Arbeit angerufen, und dann hätte sie ihre Arbeit unterbrechen müssen. Es wäre ein Riesenärger gewesen, also dachte ich, wenn ich dem Spitzel aus dem Weg gehen könnte, wäre ich fein raus, aber wie gesagt, ich habe zu sehr auf ihn geachtet, also PENG! habe ich mir das Bein gebrochen."

Die alte Dame schaute sprachlos drein. Ich war mir nicht sicher, ob sie mich verstanden hatte. „Das ist interessant. Ich meine, du verstehst das alles und für dich macht das Sinn, aber für mich... Ich verstehe das nicht. Wie hast du dir jetzt eigentlich das Bein gebrochen?"

„Nun, ich war in der Nähe des Schulgeländes, da meine Ma mich gerade abgesetzt hatte. Ich tat so, als ob ich hingehen würde, aber gerade als ich in die Nähe des Schultors kam, bemerkte ich einen älteren, sportlich aussehenden Typen, der mich von der anderen Straßenseite aus beobachtete. Er folgte mir zwei oder drei Blocks. Ich beobachtete ihn, um zu sehen, wann er die Straßenseite wechseln würde. Ich nahm an, daß er darauf warten würde, bis ich zu ihm aufschloß, um mich dann zu stellen."

Sie hörte zu und schien alles mitzubekommen, also wollte ich fortfahren, aber bevor ich weitermachen konnte, fragte sie: „Wie konntest du sicher sein, daß er ein Schulspitzel war?"

„Nun..." Ich machte eine Pause. Ich fühlte mich gut, als ob ich der Lehrer wäre, und ein guter dazu, weil sie so interessiert war. „Ich

weeks ago. He had the kid by one arm in a tight grip and his hand around the walkie talkie. He was so angry, and so proud that he caught the kid, that he was gonna parade the kid around in front of the other kids to let them know that if they tried to ditch they would be caught just as he was. But in my opinion, it only let the kids know who he was and what he did."

I didn't know if she was understanding. I think she was, because every so often she would say "yeah" or "right, OK, go on."

"So when he crossed over and was on my side of the street, about 20 feet ahead of me, I got underneath a parked car."

Her face became alarmed. "That's dangerous."

"Yeah," I said. "I like the excitement."

"Go on."

"So I'm under the car watching for his feet. After a while his feet passed back and forth—I was holding back from laughing 'cause I got this guy looking up and down the street for me."

This is where I got the old woman. She was waiting for me to continue with my story, but I didn't. There was only silence.

"Well, carry on then," she said.

"'Carry on,' are you from England?" I asked her.

"No. On with it!"

I knew she wanted to hear what happened next. In my mind I knew she was American, but the eagerness in her voice brought out kind of an English accent. I bet as a kid she spent time in England. Kids are always eager, and when old people are eager their voices sound like they did when they were children. I couldn't really pinpoint the point that I was trying to make. I had better get back to the story because if don't, it might piss her off. Then she wouldn't share how her digital recorder worked with me.

wußte, daß er ein Spitzel war, weil er ein paar Wochen zuvor einen Jungen beim Schwänzen geschnappt hatte. Er hatte den Jungen mit einem Arm fest im Griff und in der Hand das Walkie-Talkie. Er war so wütend und so stolz, daß er den Jungen erwischt hatte, daß er ihn den anderen Kids vorgeführt hat, um ihnen zu zeigen, daß, wenn sie versuchten zu schwänzen, sie genauso geschnappt würden. Aber ich glaube, er hat die Kids damit nur wissen lassen, wer er war und was er machte."

Ich war nicht sicher, ob sie mich verstand. Ich glaube schon, denn sie sagte oft „Verstehe" oder „Okay, genau, mach weiter".

„Als er dann die Straße überquerte und auf meine Straßenseite kam, ungefähr zehn Meter vor mir, versteckte ich mich unter einem parkenden Auto."

Sie zeigte einen alarmierten Gesichtsausdruck. „Das ist gefährlich."

„Jeah", sagte ich. „Ich liebe die Gefahr."

„Erzähl weiter."

„Ich bin also unter dem Auto und halte Ausschau nach seinen Füßen. Nach einer Weile gingen seine Füße nur noch hin und her – ich mußte mir das Lachen verkneifen, weil da dieser Typ war und die ganze Straße nach mir absuchte."

An diesem Punkt hatte ich die alte Frau. Sie wartete darauf, daß ich die Geschichte weitererzählte, aber ich tat es nicht. Es herrschte atemlose Stille.

„Gut, fahre also fort", sagte sie.

„‚Fahre also fort', sind Sie aus England?" fragte ich sie.

„Nein. Mach weiter!"

Ich wußte, daß sie hören wollte, was als nächstes geschehen war. Mir war natürlich klar, daß sie Amerikanerin war, aber der Eifer in ihrer Stimme brachte eine Art englischen Akzent heraus. Ich wette, daß sie als Kind eine Zeitlang in England gewesen ist. Kids sind immer sehr eifrig, und wenn ältere Leute eifrig sind, klingen ihre Stimmen wieder wie früher, als sie noch Kinder waren. Ich kam nicht ganz auf den Punkt, den ich herausstellen wollte. Ich mußte also schnell zur Geschichte zurückkommen, weil ich es sonst riskierte, daß sie sauer würde. Dann würde sie mir nicht beibringen, wie ihr Digitalrecorder funktioniert.

"I stayed under that car for a pretty long time. The narc's feet had come and gone a long time earlier, but I wanted to be safe. After enough time had passed and it seemed safe to come out from under the parked car, I saw his goddamned feet again. He was walking slowly, but what happened next made it worse. I heard something on the other side, so I turned my head and got a glimpse. I wasn't stupid. Someone was getting into the parked car that I was beneath. 'Holy shit,' I said to myself. 'Please don't let them start it up.' Sure enough, I heard the engine. I panicked because, as I heard the car start, I was looking right at the narc's feet. I didn't want to get caught, so I figured I'd wiggle my way out away from the curb side to avoid the narc. I started crawling out from beneath the car on the driver's side. One car passed, but I didn't see any other coming. I kept the lookout on his feet as I was hurrying from under there. I knew he'd probably see me when I got out from under the car, and figured I'd have to run. I was ready for all that, but I was so wrapped up in thinking that I didn't have time to pay attention to another car that was now reversing to get the spot of the car that was just about to pull out. Remember, I was beneath the car pulling out, so I got hit by the one reversing to take its spot."

Now the woman was holding her face with both hands. She was horrified. It was pity mixed with horror. I was smiling because the medicine that the doctors gave me took away a lot of the pain.

"Oh," the old woman said,"that's too much."

I brought my right hand over and tried to show her where the tires hit me, but she turned her head. The talk of that story settled down after a while. A nurse came in and handed me two pills. I was all smiles. They must think I'm crazy here because most people hate hospitals. But I love 'em, so I must be nuts. I swallowed my pills and waited to see how the digital recorder worked.

„Ich blieb ziemlich lange unter dem Auto. Daß die Füße des Spitzels hin- und hergegangen waren, war schon eine Zeitlang her, aber ich wollte sichergehen. Als genug Zeit vergangen war und es sicher schien, unter dem geparkten Auto hervorzukommen, tauchten seine gottverdammten Füße wieder auf. Er ging langsam, aber was als nächstes passierte, machte alles schlimmer. Ich hörte etwas auf der anderen Seite, also drehte ich den Kopf rum und bekam einen Schrecken. Ich war ja nicht blöd. Jemand stieg in das parkende Auto ein, unter dem ich lag. ‚Heilige Scheiße', sagte ich zu mir selbst. ‚Bitte jetzt nicht losfahren.' Wie es kommen mußte, ich hörte den Motor. Ich geriet in Panik, weil ich im selben Moment, in dem ich den Wagen starten hörte, genau auf die Füße des Spitzels starrte. Ich wollte nicht geschnappt werden, also beschloß ich, von der bewachten Seite weg rauszurobben, um den Spitzel zu umgehen. Ich kroch auf der Fahrerseite unter dem Auto hervor. Ein Wagen fuhr vorbei, und ich sah keinen anderen kommen. Während ich dort heraushechtete, behielt ich seine Füße in den Augen. Ich wußte, daß er mich wahrscheinlich sehen würde, wenn ich unter dem Auto hervorkam, und wollte dann wegrennen. Ich war auf all das vorbereitet, aber ich war so damit beschäftigt, daß ich keine Zeit hatte, auf ein anderes Auto aufzupassen, das gerade wendete, um den Platz des Autos, das gerade rausfuhr, einzunehmen. Stellen Sie sich vor, ich lag neben dem rausfahrenden Auto und wurde von dem angefahren, das wendete, um den freien Platz einzunehmen."

Die Frau hielt sich beide Hände vors Gesicht. Sie war entsetzt. Es war eine Mischung aus Mitleid und Horror. Ich konnte grinsen, da die Tabletten, die die Ärzte mir gegeben hatten, die Schmerzen sehr linderten.

„Oh", sagte die alte Frau, „das ist zuviel für mich."

Ich streckte meine rechte Hand rüber, um ihr zu zeigen, wo mich die Reifen erwischt hatten, sie aber drehte ihren Kopf weg. Nach einer Weile legte sich die Aufregung über diese Story. Eine Krankenschwester kam herein und reichte mir zwei Pillen. Ich war ganz vergnügt. Sie müssen hier denken, ich sei verrückt, weil die meisten Leute Krankenhäuser hassen. Aber ich liebe sie, also muß ich durchgedreht sein. Ich schluckte meine Pillen und war gespannt, wie der Digitalrecorder funktionierte.

SHOOT ME

Shoot Me

I'm not gonna go to sleep," said Abel.

"Why not?" asked John.

"Cause I'm afraid I won't wake up."

"How long has it been since you've slept?"

"I don't know, like two weeks or something."

"Jesus, man, that's serious. You could die."

"I know. That's why I'm scared. I dozed off on Monday. It was just for a second, then I was up again."

"Man, your eyes are bloodshot. Have you eaten?"

"Yeah, I had some apple pie."

"That's all? God, man, you need meat and veggies. You're all shivering. What's happening with you?"

"Nothing much. I'm trying to lift my spirits, but it's hard 'cause, you know, my girl left me and I just feel sad. And I've been getting these strange thoughts like hell is where lonely and sad people go. And I'm afraid I'm gonna go to hell 'cause I'm sad and lonely, and I miss my girl."

"Man, you're talking crazy. Let's go get you some food. You'll feel better. We'll go skating and have some fun."

"No, man. I'm cool here. I'm just resting."

"You're not gonna snap out of it. You need to get moving. You gotta do something. How about later? My girlfriend and some of her friends and I are gonna see that movie *Romeo & Juliet*. You wanna come?"

"No money."

"Man, I'll pay for you. Don't be stupid."

"Alright, then. Will you spot me twenty?"

"I'll buy you food and pay for the movie, but I'm not gonna give you twenty bucks to blow on drugs."

"Man, I quit drugs. I'm off that shit. Look at my board,

Schleß doch

Ich will nicht schlafen gehen", sagte Abel.

„Warum nicht?" fragte John.

„Weil ich Angst habe, daß ich nicht mehr aufwache."

„Wie lange hast du denn nicht mehr geschlafen?"

„Ich weiß nicht, vielleicht zwei Wochen oder so."

„Verdammt, Mann, das ist hart. Du könntest sterben."

„Ich weiß. Deshalb habe ich ja Angst. Am Montag bin ich eingedöst. Nur für einen Augenblick, dann war ich wieder wach."

„Mann, deine Augen sind rot angelaufen. Hast du was gegessen?"

„Jeah, ein bißchen Apfelkuchen."

„Sonst nichts? Mein Gott, Mann, du brauchst Fleisch und Grünzeug. Du zitterst ja am ganzen Körper. Was ist denn los mit dir?"

„Nicht viel. Ich versuche mich aufzumuntern, aber das ist nicht leicht, weißt du, meine Freundin hat mich verlassen und ich bin traurig. Und mir kommen komische Gedanken, daß einsame und traurige Menschen in die Hölle kommen. Und ich fürchte, ich werde in die Hölle kommen, weil ich einsam und traurig bin und meine Freundin vermisse."

„Mann, du redest wirres Zeug. Komm, wir besorgen dir was zu essen. Das wird dir guttun. Wir gehen skaten und haben ein bißchen Spaß."

„Nein, Mann. Ich bin okay hier. Ich ruh mich bloß aus."

„So reißt du dich da nicht raus. Du mußt in Bewegung kommen. Du mußt dich beschäftigen. Was ist mit heute abend? Ich wollte mir mit meiner Freundin und ein paar von ihren Freunden *Romeo und Julia* im Kino anschauen. Willst du mitkommen?"

„Kein Geld."

„Mann, ich zahl für dich. Sei nicht blöd."

„In Ordnung. Kannst du mir 'nen Zwanziger pumpen?"

„Ich kauf dir was zu essen und ich zahl fürs Kino, aber ich werde dir nicht zwanzig Dollar geben, damit du dir Drogen reinballerst."

„Mann, ich habe aufgehört mit Drogen. Ich bin weg von dem Scheiß.

the trucks are totally grinded. Look at the nose and tail. I've been skating my ass off. It's the only way to conquer my sadness."

"What board you riding? Let me see it."

The board was flipped over. You could barely make out that it was an Ethan Fowler board. The nose, tail, and center were entirely scraped.

"Fuck, you weren't joking. That board is thrashed. What tricks have you been doing?"

"Lipslides frontside and backside. And I learned to pop up from a lipslide to tailslide. I've tried it backside, but it's too hard."

"No way, that sounds cool. Let's see you try it now, man."

"I'm too weak." Abel holds out his hand. "Look how I'm shaking. I'm a wreck."

"Well, let's go get you something to eat."

"You sure?"

"Yeah, I'm sure."

The two boys entered a sandwich shop off of Market Street in San Francisco. John spoted a friend working behind the counter.

"Hey, Julie," he called out.

A hippyish looking girl with dreadlocks turned her head.

"Hey, it's me John—Kim's boyfriend."

At first Julie didn't recognize him, but as he moved closer, she did. "Oh, yeah, hi. Aren't we supposed to be going to the movies tonight, John?"

John, a little embarrassed 'cause she had not immediately recognized him, calmly said, "Yeah," followed by short pause. "This is my friend Abel. He's a rad skater."

Abel told John to fuck off and then told Julie hello. She smiled and was somewhat attracted to his abrasiveness. John ordered.

Julie asked, "Abel, what will you have?"

"Same as him."

Sieh dir mein Board an, die Achsen sind total abgewetzt. Und sieh dir die Enden an. Ich hab mir den Arsch abgeskatet. Das ist die einzige Weise, auf die ich mit meiner Traurigkeit fertig werde."

„Was für ein Brett fährst du? Laß mich mal sehen."

Das Brett wurde herumgedreht. Man konnte kaum erkennen, daß es sich um ein Ethan-Fowler-Board handelte. Die Enden und die Mitte waren total verschrammt.

„Fuck, du hast keine Witze gemacht. Das Board ist am Arsch. Was für Tricks hast du gemacht?"

„Lipslide Frontside und Backside. Und ich habe gelernt, von einem Lipslide in einen Tailslide zu springen. Ich habe es auch Backside versucht, aber das ist zu schwer."

„Echt, das hört sich cool an. Laß sehn, Mann, versuch es noch mal."

„Ich bin zu schwach." Abel streckte seine Hand aus. „Sieh mal, wie ich zittere. Ich bin ein Wrack."

„Gut, laß uns etwas zu essen besorgen."

„Bist du sicher?"

„Na klar."

Die beiden Jungs betraten einen Sandwich-Laden abseits der Market Street in San Francisco. John entdeckte eine Freundin, die hinter der Theke bediente.

„Hey, Julie", schrie er rüber.

Ein Mädchen in Hippy-Look und Dreads drehte sich um.

„Hey, ich bin's, John – Kims Freund."

Zunächst schien Julie ihn nicht wiederzuerkennen, als er aber näher kam, sagte sie: „Ach, natürlich, hi. Wollten wir nicht heute abend ins Kino gehen, John?"

John, ein bißchen beleidigt, weil sie ihn nicht sofort erkannt hatte, antwortete ruhig „Jeah", gefolgt von einer kleinen Pause. „Das ist mein Freund Abel. Er ist ein Radikalskater."

Abel sagte John, daß er ihn mal am Arsch lecken könnte und sagte dann hallo zu Julie. Sie grinste und fühlte sich irgendwie von seiner Ruppigkeit angezogen. John bestellte.

Julie fragte: „Abel, was möchtest du haben?"

„Dasselbe wie er."

"But you didn't even hear what he ordered."

"I know. I don't care."

Julie started to laugh. John did too. Abel was not amused one bit. He was looking over at a refrigerator filled with cold sodas.

"Do you got Pepsi?" Abel asked.

Julie, bothered by Abel's behavior, said, "See for yourself."

John, fully aware of Abel's mindstate, said, "Go on, Abel, get a drink. I'm paying for it."

Abel walked past a swinging door that said "Employees Only" and grabbed a cold can of Coke. The two were seated and waiting for their sandwiches to be ready.

John asked Abel, "Where you living?"

"In the park by the China banks. Candy kicked me out."

"She dumped you and kicked you out?"

"Yeah, and she won't talk to me. I'm trying to go back to my mom's, but my stepdad's an ass."

"That sucks!" Pause. "Well, come to the movies with us. You'll have fun. That 17-year-old actress, Claire Danes, is in it."

"Who's she?"

"She's supposed to be the next Meryl Streep."

Julie interrupted with the two sandwiches and set them down real peaceful-like.

John said, "Thanks."

"Enjoy." Julie smiled at Abel.

Abel asked John, "Did she spit in my sandwich? What was that smile about?"

"You're fucking paranoid. Like I always remembered you to be."

The two swooshed down the sandwiches.

John said, "Hey, man, you know that little fucker, Lavar McBride?"

"Yeah."

„Aber du hast ja nicht mal gehört, was er bestellt hat.“

„Ich weiß. Ist mir auch egal.“

Julie fing an zu lachen. John fiel mit ein. Abel fand das überhaupt nicht lustig. Er schaute rüber zum Kühlschrank, der mit kalten Getränken gefüllt war.

„Habt ihr Pepsi?“ fragte Abel.

Julie, der Abels Verhalten jetzt auf die Nerven ging, sagte: „Guck doch selber nach.“

John, dem die Verfassung Abels bewußt war, sagte: „Mach schon, Abel, hol dir was zu trinken. Ich bezahl auch.“

Abel ging durch eine Pendeltür, auf der stand „Nur für Angestellte“ und schnappte sich eine kalte Dose Cola. Die beiden bekamen einen Tisch zugewiesen und warteten, daß ihre Sandwiches fertig wurden.

John fragte Abel: „Wo wohnst du?“

„Im Park bei den China Banks. Candy hat mich rausgeworfen.“

„Sie hat Schluß gemacht und dich rausgeworfen?“

„Jeah, und sie redet nicht mehr mit mir. Ich will versuchen, zu meiner Mutter zurückzugehen, aber mein Stiefvater ist ein Arsch.“

„Geschissen!“ Pause. „Na, dann komm halt mit uns ins Kino. Das wird lustig. Diese siebzehnjährige Schauspielerin Claire Danes spielt auch mit.“

„Wer ist das?“

„Sie soll angeblich die nächste Meryl Streep sein.“

Julie unterbrach die beiden mit den Sandwiches und setzte sie ganz vorsichtig ab.

John sagte „Danke“.

„Laßt es euch schmecken.“ Julie lächelte Abel zu.

Abel fragte John: „Hat sie in mein Sandwich gespuckt? Warum grinst sie so blöd?“

„Du bist so verdammt paranoid. Bist du eigentlich immer schon gewesen.“

Die beiden schlangen die Sandwiches runter.

John sagte: „Hey, Mann, kennst du diesen kleinen Fucker, Lavar McBride?“

„Klar.“

"He fucking switch flip 5-0 grinded up the Hubba ledge and popped out clean."

"No way, that defies gravity."

"The little dude got big and now he's bad ass."

Abel said, "Fuck" in amazement and asked, "How about his brother, did his knee ever get better?"

"Yeah, I think so. But I haven't seen him around."

Julie peeked over from where she was preparing sandwiches for some other customers. "Is your friend coming with you to the movies?" she asked.

John turned his head. "Yeah, I'm making him."

"I don't think so," replied Abel.

"Come on, you'll have fun."

Four or five hours later, John, his girlfriend Kim, Julie, Abel, and one other couple were in line waiting to buy tickets for *Romeo & Juliet*. The line was long. Their group was in front and would be the first to enter. They were all seated in the back of the theatre. Abel in a far corner, Julie next to him. The previews were on, Abel's head was titled back, and he was dozing off. When the film finally started, Julie nudges him. "Hey", she said, "it's starting."

Abel fluttered his hand for her to leave him alone. He was finally comfortable enought to catch up on some zzz's, which he desperately needed. The movie continued. Julie looked over at Abel every so often to see what was going on with him. He was asleep and in peace. Julie leaned over Kim's chair and told John, "Hey, your friend's sleeping."

John whispered, "Let him sleep. He's all bummed out his girlfriend dumped 'um."

Julie sat back in her seat. A funky look came over her face. She then leaned her head on Abel's shoulder, who was so out of it that he did not take notice. She remained still for a good two minutes and then began to move her head slowly, snuggling with him. Her hands slowly began to go to work on his legs and thighs. Kim, John, and the

„Er ist den abgefuckten Hubba Ledge mit einem Switchflip 5-0 hochgegrindet und ist sauber gelandet.“

„Ist nicht wahr, das ist gegen die Schwerkraft.“

„Der Kleine ist groß geworden, und jetzt ist er voll drauf.“

Abel sagte nur anerkennend „Fuck“ und fragte: „Was macht eigentlich sein Bruder, geht es seinem Knie mittlerweile besser?“

„Jeah, ich glaube schon. Aber ich habe ihn lang nicht mehr gesehen.“

Julie spinkste von der andern Seite rüber, während sie Sandwiches für ein paar andere Kunden zubereitete. „Kommt dein Freund auch mit ins Kino?“ fragte sie.

John drehte seinen Kopf. „Klar, ich werde ihn zwingen.“

„Das glaube ich nicht“, antwortete Abel.

„Komm schon. Das wird lustig.“

Vier oder fünf Stunden später standen John, seine Freundin Kim, Julie, Abel und ein anderes Pärchen in der Schlange, um Karten für *Romeo und Julia* zu kaufen. Die Schlange war ziemlich lang. Sie standen ganz vorne und würden als erste reingelassen werden. Sie saßen alle in der letzten Reihe. Abel ganz am Rand, Julie auf dem Platz neben ihm. Der Vorfilm lief, Abels Kopf war nach hinten gelehnt, und er döste langsam weg. Als der Film schließlich anfing, stieß Julie ihn an. „Hey“, sagte sie, „der Film fängt an.“

Abel signalisierte ihr, daß sie ihn in Ruhe lassen sollte. Er fühlte sich endlich in der Lage, ein paar ZZZs aufzuholen, die er so dringend brauchte. Der Film lief weiter. Julie schaute ständig zu Abel rüber, um zu sehen, was mit ihm los war. Er aber schlief und war zufrieden. Julie lehnte sich über Kims Sessel und sagte zu John: „Hey, dein Freund schläft.“

John flüsterte: „Laß ihn schlafen. Er ist total ausgebrannt, seine Freundin hat ihn verlassen.“

Julie lehnte sich wieder zurück in ihren Sessel. Ein merkwürdiger Ausdruck huschte über ihr Gesicht. Sie lehnte daraufhin ihren Kopf an Abels Schulter, der so jenseits von allem war, daß er es nicht mitbekam. Sie blieb gut zwei Minuten still und fing dann an, langsam ihren Kopf zu bewegen und sich an ihn zu schmiegen. Ihre Hände begannen vorsichtig an seinen Beinen und Schenkeln zu arbeiten. Kim,

other couple, completely involved in the movie, did not take notice. Abel, so sound asleep, also was unware of what was happening. Julie undid his pants and pulled out his dick. She slowly stroked his cock with her hand, waiting for it to become hard. When it got semi-hard, she put her mouth down there and began to suck. Only now Abel's eyes were open. He jerked his whole body out of his seat in one quick motion and screamed out loud, "What in the fuck do you think you're doing?!"

Four or five people in the movie theatre turned their heads. Abel's pants were undone. He buttoned them and began to try and walk out of the theatre. Julie, pulling on his shirt, said, "I thought guys liked that kinda thing."

When Abel got to where John was, he said angrily, "That bitch was trying to suck my dick, man. What kinda shit is that? I was finally getting some rest..."

John followed Abel outside of the theatre.

"Hey, Abel, man. I'm sorry, dude. I guess it's my fault. I told her you were bummed 'cause your girl Candy dumped you, and I guess she took it the wrong way, man. Don't be mad."

Abel walked off.

"What about your board? It's at my house."

Abel said from a good twelve feet away, "I'll pick it up tomorrow."

He continued down the street with an upset stride. He stopped at a phone booth and dialed a collect call to his ex-old lady, Candy. The operator was a machine. "Please say your name."

"Abel."

"Please wait while we verify if the call is accepted... Sorry, your call was not accepted. Do you wish to bill this call another way?"

Abel smashed the zero button with his index finger. An authentic operator came on. "How would you like to bill this call?"

John und das andere Pärchen waren völlig in den Film versunken und bekamen nichts davon mit. Abel schlief so fest, daß auch er nicht merkte, was vor sich ging. Julie machte seine Hose auf und holte seinen Schwanz heraus. Sie streichelte ihn sanft mit ihrer Hand und wartete darauf, daß er hart würde. Als er semi-hart war, beugte sie sich mit ihrem Mund herunter und begann zu lutschen. Erst jetzt gingen Abels Augen auf. Mit einem einzigen Ruck schleuderte er seinen Körper aus dem Sessel und schrie lauthals: „Was zum Teufel denkst du, machst du da?!"

Vier oder fünf Leute im Kino drehten sich um. Abels Hose war offen. Er knöpfte sie wieder zu und machte Anstalten, das Kino zu verlassen. Julie zog an seinem Hemd und sagte: „Ich dachte, Jungs mögen das."

Als Abel bei John ankam, sagte er ärgerlich: „Diese Bitch hat versucht, mir einen zu blasen, Mann. Was soll die Scheiße? Ich habe endlich ein wenig schlafen können..."

John folgte Abel aus dem Kino.

„Hey, Abel, Mann. Es tut mir leid, Kumpel. Ich glaube, es war mein Fehler. Ich habe zu ihr gesagt, du wärst ausgebrannt, weil dein Mädchen Candy dich verlassen hat, und ich nehm an, daß sie das falsch verstanden hat, Mann. Sei nicht so."

Abel marschierte davon.

„Was ist mit deinem Board? Du hast es bei mir liegen gelassen."

Abel antwortete aus ein paar Metern Entfernung: „Ich hole es morgen ab."

Er ging mit empörtem Schritt weiter die Straße runter. An einer Telefonzelle stoppte er und wählte ein R-Gespräch zu seiner Ex-Lady, Candy. Der Operator war eine Maschine. „Bitte nennen Sie Ihren Namen."

„Abel."

„Bitte warten Sie einen Moment, während Ihr Anruf geprüft wird... Es tut uns leid, Ihr Anruf wurde nicht akzeptiert. Möchten Sie den Anruf auf andere Weise anmelden?"

Abel hackte mit seinem Zeigefinger auf die Null-Taste. Ein richtiger Operator meldete sich. „Wie möchten Sie dieses Gespräch anmelden?"

Abel, deeply bothered, said, "Third party billing," and rattled off his mother's number.

"Is there someone there to verify?"

"Yes."

"Your name?"

"Abel."

"OK, hold the line."

Abel was impatient, kicking the phone booth. The operator came back. "OK, I'll connect your call."

Two or three rings. Candy answered. "Hello?"

"Candy?"

Candy abruptly said, "What?"

"Can I come over up to sleep?"

Candy didn't answer.

Abel said, "I won't try nothing, I promise. I'm just tired. I haven't slept."

Candy, in a reasoning voice, said, "I told you that we both need space from each other, didn't I?"

"Yeah. But my mom's boyfriend's an asshole. I can't stay there. I've been sleeping in the park."

Short moment of silence.

"I thought I told you not to call."

"I haven't called you in like two weeks. Come on, Candy. It's cold out here and it's getting foggy. I'll wake up all wet."

"You can stay over on Friday night. I got too much homework tonight, Abel."

"I'm just gonna sleep. How's that gonna bother your homework?"

"Not tonight," Candy said, trying to reason with him.

Abel said a sad, "OK, I'll see you then." He hung up.

He walked a sad stride four blocks and stopped in front of an apartment building. He rang the buzzer. His friend Billy answered. "Weed headquarters, Billy."

"It's me, Abel."

"Come up."

Abel sagte, total genervt, „Rechnung an Dritten“ und ratterte die Nummer seiner Mutter herunter.

„Gibt es dort jemanden, der das bestätigen kann?“

„Ja.“

„Ihr Name?“

„Abel.“

„Okay, bleiben Sie dran.“

Abel war ungeduldig und trat gegen die Telefonzelle. Der Operator meldete sich wieder. „Okay, ich werde Ihr Gespräch verbinden.“

Zwei- oder dreimal Klingeln. Candy hob ab. „Hallo?“

„Candy?“

Candy sagte brüsk: „Was?“

„Kann ich bei dir schlafen?“

Candy antwortete nicht.

Abel fuhr fort: „Ich werde nichts versuchen, ich verspreche es. Ich bin einfach nur müde. Ich habe nicht geschlafen.“

Candy sagte in einem vernünftigen Ton: „Ich habe dir doch gesagt, daß wir beide Abstand voneinander brauchen, oder nicht?“

„Schon. Aber der Freund meiner Mutter ist ein Arschloch. Ich kann dort nicht bleiben. Ich habe die ganze Zeit im Park geschlafen.“

Einen kurzen Moment herrschte Stille.

„Ich dachte, ich hätte dir gesagt, du solltest nicht mehr anrufen.“

„Ich habe dich seit fast zwei Wochen nicht angerufen. Also komm schon, Candy. Es ist kalt hier draußen und es wird nebelig. Ich werde völlig durchnäßt aufwachen.“

„Du kannst Freitag hier schlafen. Heute muß ich zu viele Hausaufgaben machen, Abel.“

„Ich will wirklich nur schlafen. Wie sollte das deine Hausaufgaben stören?“

„Nicht heute“, sagte Candy und versuchte ihn zu überzeugen.

Abel gab ein trauriges „Okay, wir sehn uns“ von sich. Er hängte auf.

Mit traurigem Schritt ging er vier Blocks und hielt vor einem Apartmenthaus. Er drückte die Klingel. Sein Freund Bill antwortete. „Hasch-Hauptquartier, Billy.“

„Ich bin's, Abel.“

Abel walked up the stairs instead of taking the elevator. His walk was slow and drawn out. He was as down as he could be. When he got to Billy's door, Billy was looking out and said, "Fuck that elevator. Did it get stuck again? That piece of shit."

"No, I walked up the steps."

"Come in," Billy said. "What's up, man? You look down."

"I am."

The two sat across from each other on mini one-seat futons.

"Fucking Candy kicked me out," Abel exclaimed.

"Wasn't that like two months ago?" Billy asked.

"Yeah, but I miss her. I called her tonight and she..." Abel stopped in mid-sentence.

"What's up, man? You want some 'erb?" Billy suggested.

"No, I'm just moping. It's like my voice must just get on her nerves or something."

"You need to phase that shit..."

Abel looked around Billy's apartment. There were shoes, shirts, pants, and towels thrown around. Abel cracked a modest smile. "Your place is looking nice."

"What? So I haven't cleaned in a while."

The two were silent.

"You can crash here if you need a place to stay."

Abel laughed. "No, you could't pay me to sleep here."

"Why you bagging on my place?"

Abel is still smiling. "I'm just joking."

"You better be."

Abel picked up a bullet shell from the floor and looked at it closely. He examined it as if the riddle to life itself were hidden right there. "Hey," he asked Billy loudly, "you still got that five chamber Smith and Wesson?"

"The one you claim I stole from you? Yeah, I got it."

Billy reached beneath his cushioned fold-up futon and pulled out the gun.

„Komm hoch."

Abel ging die Treppe zu Fuß hoch, anstatt den Aufzug zu benutzen. Sein Gang war schleppend und ausgepumpt. Er war so down wie man nur sein kann. Als er zu Billys Tür kam, lugte Billy schon raus und schimpfte: „Der abgefuckte Fahrstuhl. Ist er wieder stecken geblieben? Dieses miese Stück Scheiße."

„Nein, ich habe die Treppe genommen."

„Komm rein", sagte Billy. „Was ist los, Mann? Du siehst down aus."

„Bin ich auch."

Die beiden saßen sich auf Ein-Mann-Mini-Futons gegenüber.

„Abgefuckte Candy, hat mich rausgeworfen", machte Abel sich Luft.

„Ist das nicht fast zwei Monate her?" fragte Billy.

„Schon, aber ich vermisse sie. Ich hab sie eben angerufen und sie..." Abel brach mitten im Satz ab.

„Was ist los, Mann? Willste was Gras?" schlug Billy vor.

„Nein, ich bin einfach deprimiert. Es ist, als ob meine Stimme ihr auf die Nerven geht oder so."

„Du mußt die Scheiße mal ruhen lassen..."

Abel schaute sich in Billys Apartment um. Überall flogen Schuhe, Hemden, Hosen und Handtücher herum. Abel mußte leicht grinsen. „Deine Bude sieht ja nett aus."

„Was? Ich hab halt 'ne Zeitlang nicht mehr saubergemacht."

Die beiden schwiegen.

„Du kannst hier pennen, wenn du nicht weißt, wo du bleiben sollst."

Abel lachte. „Nee, nicht mal, wenn du mir Geld geben würdest."

„Warum hackst du auf meiner Bude rum?"

Abel grinste immer noch. „Ich mach doch bloß Spaß."

„Ist auch besser so."

Abel hob eine Patronenhülse vom Boden auf und schaute sie sich genauer an. Er inspizierte sie, als ob der Sinn des Lebens darin verborgen läge. „Hey", fragte er Billy laut, „hast du noch die fünf-schüssige Smith and Wesson?"

„Von der du behauptest, ich hätte sie dir geklaut? Klar hab ich die."

Billy griff unter seinen gepolsterten, aufklappbaren Futon und zog die Pistole heraus.

"Have you used it?"

"Only twice. Once up in Reno and one night when I was drunk, I shot the street sign from my bedroom window. It fires straight, like a light beam."

"Let me see it."

Billy handed it to Abel carefully, who said in a cocky voice, "Now you are not getting it back." He checked to see if it had got bullets and then put the safety switch on.

Billy, with a scared look, said, "Give it to me, man."

Abel smiled and said, "No." He put the gun into his back pocket calmly and smoothly as if it were a wallet. Billy was now pissed mainly at himself 'cause he knew how Abel was. In his mind he thought "Fuck, I should have never let him hold it."

Abel got up out of his seat. "I'm gonna leave now."

Billy was afraid and scared. "Come on, man, that's a five hundered dollar gun. Don't keep it."

Abel turned his back on Billy and opened the door to leave. Billy contemplated rushing Abel, but was too afraid.

Abel, while closing the door behind himself, said, "Keep it cool, Billy."

Billy, trying to gain some kind of respect for himself, said, "OK, I see how you wanna be."

Abel was now out on the street and walking parallel to Billy's apartment building. He looked up to Billy's window. Billy had a .22 rifle in one hand and was struggling to open the window with his other. Abel paused and put both hands in the air. "Shoot me!" he screamed out.

Billy pointed his gun, but did not have the killing capability. He set the gun down and perched his whole body out the window. "You fucker!" he yelled.

Abel laughed and continued down the street. His mood was now better. He felt invincible, like even death wanted no part of him. He walked twelve blocks with a clean, even stride. In his mind he was thinking about Candy. He

„Hast du sie benutzt?"

„Nur zweimal. Einmal draußen in Reno und einmal nachts, als ich betrunken war, habe ich von meinem Schlafzimmerfenster aus auf ein Verkehrsschild geschossen. Sie schießt gerade wie ein Lichtstrahl."

„Laß mal sehen."

Billy reichte sie Abel behutsam, der daraufhin in frechem Ton sagte: „Jetzt bekommst du sie nicht mehr wieder." Er prüfte, ob Patronen drin waren und legte dann den Sicherheitshebel um.

Billy sagte mit entsetztem Gesicht: „Gib sie her, Mann."

Abel grinste wieder und sagte „Nein". Er verstaute die Pistole lässig und leicht in seiner Gesäßtasche, als ob es ein Portemonnaie wäre. Billy war jetzt ziemlich sauer, hauptsächlich auf sich selbst, weil er genau wußte, wie Abel so war. Er dachte bei sich: „Fuck, ich hätte sie ihm nicht geben dürfen."

Abel stand von seinem Platz auf. „Ich geh jetzt."

Billy war entsetzt und hatte Schiß. „Komm, Mann, das ist eine Fünfhundert-Dollar-Kanone. Die kannst du nicht behalten."

Abel kehrte Billy den Rücken zu und öffnete die Tür. Billy überlegte, ob er auf Abel losstürzen sollte, hatte dann aber zuviel Schiß.

Während Abel die Tür hinter sich zumachte, sagte er: „Nimm's gelassen, Billy."

Billy versuchte, sein Gesicht zu wahren und antwortete: „Okay, wir werden sehen, wie es weitergeht."

Abel war jetzt wieder auf der Straße und lief parallel zu Billys Apartmenthaus. Er schaute hoch zu Billys Fenster. Billy hielt ein Gewehr Kaliber 22 in der einen Hand und versuchte mit der anderen, das Fenster zu öffnen. Abel hielt an und hob beide Arme hoch. „Schieß doch!" schrie er.

Billy zielte mit dem Gewehr, aber ihm fehlte der Killerinstinkt. Statt dessen setzte er das Gewehr ab und lehnte sich mit dem ganzen Oberkörper aus dem Fenster. „Du Arschloch!" brüllte er.

Abel lachte und lief weiter die Straße hinunter. Seine Stimmung hatte sich gebessert. Er fühlte sich unschlagbar, als ob nicht einmal der Tod ihm etwas anhaben könnte. Er lief zwölf Blocks in ruhigem, gleichmäßigem Schritt. In Gedanken war er bei Candy. Er steuerte

headed over to her apartment, which was across the street from a liquor store. He paced around, trying to decide whether or not to go up and knock on her door. He was happy and confused. He decided to walk into the store. The clerk watched him as he just stood still, looking from inside the store up to her apartment. The clerk asked, "Can I help you, sir?"

"No, I'm just looking up at my girlfriend's apartment. She lives across the street. I'm trying to see if she's home or not."

The clerk, irritated, did not know how to ask him to leave. Abel turned from looking up at Candy's window and asked, "Can I use your phone, sir?"

"I'm sorry," the clerk said, "the phone is not for customer use."

Abel reached into his back pocket and pulled out Billy's gun. He aimed it at the clerk, who immediately put his hands up.

"Don't shoot me, please. I'll give you the money."

"I don't want your fucking money. I want you to pick up the phone and dial my girlfriend's number."

The clerk reached for the phone and waited for Abel to give him the number.

Abel told him the number, "It's 555-1212."

The clerk dialed quickly.

"Her name is Candy. Just tell her if she doesn't come down to the store to see me, I'm gonna blow your head off."

The clerk was shaking nervously. Candy answered on the third ring.

"Hello, is this Candy?" the clerk asked.

"Yes, who is this?"

"I'm the shop owner across the street…"

Abel was smiling and quite amused at the situation at hand.

"…your boyfriends is here at my store and he has a gun."

Abel walked close to the clerk and reached for the phone

auf ihr Apartment zu, das gegenüber von einem Getränkeladen lag. Er lief auf und ab und konnte sich nicht entscheiden, ob er oder ob er nicht hochgehen und an die Tür klopfen sollte. Er war happy und verwirrt. Er entschied sich, in den Laden zu gehen. Der Verkäufer beobachtete ihn, während er still dastand und vom Inneren des Ladens zu ihrem Apartment hochschaute. Dann fragte er: „Kann ich Ihnen behilflich sein, Sir?"

„Nein, ich schaue nur hoch zum Apartment meiner Freundin. Sie wohnt auf der anderen Straßenseite. Ich versuche rauszufinden, ob sie zu Hause ist oder nicht."

Der Verkäufer war irritiert und wußte nicht, wie er ihn loswerden sollte. Abel wandte sich vom Blick zu Candys Fenster ab und fragte: „Kann ich Ihr Telefon benutzen, Sir?"

„Tut mir leid", sagte der Verkäufer, „das Telefon ist nicht für Kunden gedacht."

Abel griff in seine Gesäßtasche und holte Billys Pistole heraus. Er richtete sie auf den Verkäufer, der automatisch seine Hände hochnahm.

„Erschieß mich nicht, bitte. Ich gebe dir das Geld."

„Ich will dein verdammtes Geld nicht. Ich will, daß du den Telefonhörer abnimmst und die Nummer meiner Freundin wählst."

Der Verkäufer griff nach dem Hörer und wartete darauf, daß Abel ihm die Nummer gab.

Abel sagte ihm die Nummer: „Es ist 555-1212."

Der Verkäufer wählte hektisch.

„Sie heißt Candy. Sag ihr einfach nur, daß, wenn sie nicht runter in den Laden kommt, um mich zu sehen, ich dir den Kopf wegblasen werde."

Der Angestellte fing an, nervös zu zittern. Candy nahm nach dreimal Klingeln ab.

„Hallo, ist da Candy?" fragte der Verkäufer.

„Ja, wer ist da?"

„Ich bin der Besitzer des Ladens auf der anderen Straßenseite..."

Abel grinste und amüsierte sich über die ganze Situation.

„... Ihr Freund ist hier in meinem Laden und er hat eine Waffe."

Abel ging näher an den Verkäufer ran und griff nach dem Hörer, die

while still pointing the gun at him. "Give me the phone." Abel said to him. The clerk handed Abel the phone.

"Hey, Candy, what's up?"

"Nothing. What was that all about?"

"I'm in the liquor store across the street and I'm gonna blow this fucker's head off if you don't come down here."

"Abel, have you gone mad? Are you joking?"

"Look out your window and see for yourself."

Candy scuttled through her small apartment with her cordless phone. "Abel!" she screamed when she saw him with a gun aimed at the man's head. "Don't shoot him. I'm gonna put some pants on and be right down. Don't shoot him, Abel. You'll go to jail."

Abel lauhged, saying, "Like I care." He handed the phone back to the clerk, who was still nervous as hell. Abel assured him, "It's alright, man. I ain't gonna shoot you."

Candy entered the store a few seconds later. She was wearing tight jeans. She looked nice. She had no shoes on and was barefoot. Her hair was dark red and super wavy. Her eyes were a dark hazel color and were opened wide. She was surprised and scared. "Put down the gun, Abel."

Abel lowered the gun to his side and began to walk over to Candy. By now the clerk had his hand on his own gun and was aiming it directly at Abel's back. Candy saw the clerk with the gun and screamed, "No!"

The clerk fired two shots into Abel's back. Abel fell. Candy crouched down and held him. "You're gonna be OK," she said.

A peaceful look came over Abel's face. He said in a soft voice, "I'm sorry I'm dying this way."

Candy began to cry. "Abel, you look so beautiful..." She looked up at the clerk with the gun still in his hand. "Call an ambulance, you fucking asshole!"

The clerk set his gun on the counter and pick up the phone. He began to dial 911.

Pistole immer noch auf ihn gerichtet. „Gib mir das Telefon“, sagte Abel zu ihm. Der Verkäufer reichte ihm den Hörer.

„Hey Candy, was ist los?“

„Nichts. Was sollte das?“

„Ich bin im Getränkeladen auf der anderen Straßenseite und werde diesem Fucker den Kopf wegblasen, wenn du nicht runterkommst.“

„Abel, bist du verrückt geworden? Machst du Witze?“

„Schau aus deinem Fenster und sieh selbst.“

Candy eilte mit ihrem schnurlosen Telefon durch das kleine Apartment. „Abel!“ schrie sie, als sie ihn sah, mit der Pistole auf den Kopf des Mannes gerichtet. „Erschieß ihn nicht. Ich zieh nur eine Hose an und bin gleich unten. Erschieß ihn nicht, Abel. Dafür gehst du ins Gefängnis.“

Abel lachte und sagte „Mir doch egal“. Er gab dem Verkäufer, der immer noch höllisch nervös war, den Hörer zurück. Abel versicherte ihm: „Alles in Ordnung, Mann. Ich werde dich nicht erschießen.“

Ein paar Sekunden später kam Candy in den Laden. Sie trug enge Jeans. Sie sah gut aus. Sie hatte keine Schuhe an und war barfuß. Ihr Haar war dunkelrot und superlockig. Ihre Augen hatten eine dunkelbraune, haselnußartige Farbe und waren weit geöffnet. Sie war überrascht und hatte Angst. „Nimm die Pistole runter, Abel.“

Abel ließ die Waffe zur Hüfte sinken und ging zu Candy rüber. Plötzlich hatte der Verkäufer selber eine Pistole in der Hand und zielte damit genau auf Abels Rücken. Candy sah den Verkäufer mit der Waffe und schrie: „Nein!“

Der Verkäufer feuerte zwei Schüsse auf Abels Rücken. Abel fiel hin. Candy kniete nieder und hielt ihn. „Alles wird wieder gut“, sagte sie zu ihm.

Abels Gesicht bekam einen friedlichen Ausdruck. Er sagte mit sanfter Stimme: „Es tut mir leid, daß ich so sterbe.“

Candy fing an zu weinen. „Abel, du siehst so schön aus...“

Sie schaute auf zu dem Verkäufer, der immer noch die Pistole in der Hand hielt. „Ruf einen Krankenwagen, du verdammtes Arschloch!“

Der Verkäufer legte seine Waffe auf den Tresen und nahm den Hörer ab. Langsam wählte er die 911.

WALKING FEET

Walking Feet

It was my fifth suspension of the new school year. My mom and dad were really mad. They were fed up. My dad told me I was too old for a spanking. I guess what really made them angry was that the dean at my school, Dr Segall, threatened to send me to a new school. It was his only solution. Well, the next day my parents pulled me from that school. Now I was gonna go live with my Aunt Millie. I called her Marshmallow Millie because every family get-together she would bring marshmallows. We would roast them and tell stupid stories. I hated her dumb marshmallows. I always wanted to tell her her Girl Scout day were over, but I never did. I guess sometimes it wasn't that bad, but living with her was gonna be weird. She lived in New York in a high-rise on Park Avenue. I was gonna go to a private school, one which my father and aunt both attended.

She picked me up from the airport. She was happy to see me, but was also ready to try her hand at disciplining me. Along the ride in the chauffeured car from New York's JFK to her humble abode was pretty much quiet. When we got into the elevator and were on our way up to her place, she spoke. "I guess the times are really changing. Look at this." She pointed to a piece of wood paneling in the elevator. It had graffiti etched into it. "The children today have very little respect for anything. They write in here all over the place. It gets cleaned up pretty quick, but look, now they're carving into this nice wood. Oh," she continued, "if I could just get my hands on one of those little buggers. I'm pretty sure it's the Matthews' kids. Or maybe it's the Serpico's, they have a son who's a real terror."

Laufende Füße

Es war bereits mein fünfter Verweis im neuen Schuljahr. Mein Dad und meine Ma waren ernsthaft sauer. Sie hatten die Nase voll. Mein Dad sagte, daß ich für eine Tracht Prügel leider zu alt wäre. Ich glaube, was sie wirklich wütend machte, war, daß der Rektor meiner Schule, Dr. Segall, damit gedroht hatte, mich in eine andere Schule zu versetzen. Das war das einzige, was ihm einfiel. Na ja, am nächsten Tag haben mich meine Eltern von der Schule genommen. Ich sollte von nun an bei meiner Tante Milli wohnen. Ich nannte sie Marshmallow-Milli, weil sie bei jedem Familientreffen Marshmallows mitbrachte. Wir rösteten sie und erzählten uns dabei dumme Geschichten. Ich haßte ihre blöden Marshmallows, ich wollte ihr immer sagen, daß ihre Pfadfindertage vorbei seien, habe es aber nie getan. Ich gebe zu, daß es manchmal gar nicht so schlecht war, aber bei ihr zu wohnen würde seltsam werden. Sie lebte in New York in einem Hochhaus auf der Park Avenue. Ich sollte auf eine Privatschule gehen, auf der auch schon mein Vater und meine Tante gewesen waren.

Sie holte mich vom Flughafen ab. Sie freute sich, mich zu sehen, war aber auch bereit, mich ihre eiserne Hand spüren zu lassen. Die Fahrt im Taxi vom John F. Kennedy Airport zu ihrer bescheidenen Hütte verlief ausgesprochen ruhig. Als wir auf dem Weg zu ihr nach oben waren und den Fahrstuhl betraten, fing sie an zu sprechen. „Ich befürchte, die Zeiten ändern sich wirklich. Sieh dir das an.“ Sie zeigte auf eines der Holzpaneele im Fahrstuhl. Es war mit Graffiti verkratzt. „Die Kinder heutzutage haben vor nichts mehr Respekt. Erst schmieren sie hier alles voll. Dann wird direkt wieder saubergemacht, und jetzt, sieh dir das an, ritzen sie in dieses schöne Holz hinein. Wehe“, fuhr sie fort, „wenn ich diese kleinen Schmierfinken in die Hände bekomme. Ich bin mir ziemlich sicher, daß es die Kinder von Matthews’ sind. Vielleicht waren es auch die Serpicos, deren Sohn ist

She was not talking to me, she was just angry.

When the elevator got to her floor, we got out. Opening her door, she looked at me with all my luggage. I too then looked at myself and all my luggage and tried to figure out what she was seeing. "You are to stay clear of both of them, the Serpico's little boy, and those Matthews kids, they're trouble."

"OK", I said as the door to her place opened, and I wobbled in with all my stuff.

"You've got a lot of things."

"I know," was my reply.

"I'm gonna put you up in the Lion Room." I followed her through her house. She flipped the light to the Lion Room on. "This room is to remain how it is."

"Yes, Aunt Millie."

"And if anything in here is damaged or broken, you will pay for it, do I make myself clear?"

"Yes," I said as I looked around the room and immediately understood why it was called the Lion Room.

"Above the nightstand is my most prized possession." I looked over to the nightstand. "That's my lion alarm clock."

"Looks neat. What's it do?"

"It gives off a loud roar to wake you up." I quickly pulled off my backpack to have a look at it. But before I could reach it, she hurried over and snatched it up into her hands. "On second thought, maybe I'll keep the lion with me in my room. If anything should happen to him, I wouldn't know what to do." I looked at the lion in her hands and was seconds away from asking her to show me how he worked. But I knew I was not here on good terms, so I just looked down at my luggage and contemplated unpacking. "I'll put him in a safe place while you unpack."

"OK," I said and began to unpack.

"When you're finished..."

"Yeah?"

die reinste Plage.“ Sie redete nicht mit mir, sie war einfach wütend.

Als der Fahrstuhl ihr Stockwerk erreichte, stiegen wir aus. Während sie die Tür öffnete, schaute sie mich mit meinem ganzen Gepäck an. Daraufhin schaute auch ich mich und mein ganzes Gepäck genauer an, und versuchte rauszufinden, was sie an mir sah. „Du hälst dich von beiden fern, dem kleinen Serpico und den Matthews Kindern, die machen nichts als Ärger.“

„Okay“, sagte ich, als die Wohnungstür aufging und ich mit meinem ganzen Krempel reinwankte.

„Du hast aber eine Menge Sachen.“

„Ich weiß“, antwortete ich darauf nur.

„Ich werde dich im Löwenzimmer unterbringen.“ Ich folgte ihr durch die Wohnung. Sie machte das Licht im Löwenzimmer an. „Dieses Zimmer soll so bleiben, wie es ist.“

„Ja, Tante Milli.“

„Und falls irgend etwas beschädigt wird oder kaputt geht, wirst du dafür bezahlen, habe ich mich klar ausgedrückt?“

„Ja“, sagte ich, während ich mich umsah und mir augenblicklich klar wurde, warum es Löwenzimmer hieß.

„Auf dem Nachttisch steht mein größter Schatz.“ Ich schaute rüber zum Nachttisch. „Mein Löwenwecker.“

„Sieht nett aus. Was macht er?“

„Er gibt zum Wecken ein lautes Gebrüll von sich.“ Ich nahm schnell meinen Rucksack ab, um ihn mir genauer anzusehen. Aber bevor ich noch dran konnte, eilte sie rüber, schnappte sich ihn und umschlang ihn mit beiden Armen. „Wenn ich es mir genau überlege, behalte ich den Löwen vielleicht doch besser in meinem Zimmer. Wenn ihm irgend etwas zustossen sollte, wüßte ich nicht, wie ich reagieren würde.“ Ich starrte auf den Löwen in ihren Händen und war kurz davor sie zu bitten, mir zu zeigen, wie er funktioniert. Aber ich wußte, daß ich nicht unter der besten Voraussetzungen hier war, also sah ich auf mein Gepäck und bereitete mich innerlich aufs Auspacken vor. „Ich bringe ihn an einen sicheren Ort, während du auspackst.“

„Okay“, sagte ich und begann auszupacken.

„Wenn du fertig bist…“

"Meet me in the dining room."

"OK, Aunt Millie."

When I was done, I went into the dining room. Aunt Millie had hot cocoa ready. I was seated. "First I want to tell you a little bit about your new neighbours."

"OK, let's hear about my new neighbours," I didn't say that, but I was thinking it. She began telling me about the neighbours.

"To the left of us is Mr. and Mrs. Henderson. They have a little baby girl who's four. They're a real nice couple. To the right of us is where the Serpicos live. The boy is fourteen and an absolute menace." She kept on talking, and my mind went on to other things, not paying much attention to what she was saying. "Did you hear me?"

"What? Oh, no. I'm sorry, Aunt Millie, I'm tired. The plane flight has left me exhausted. What did you say?"

"I said that Mr. Gordie upstairs is a retired professor. If you need any help with your homework, I'm sure he'd be more than happy to help you. He's a really fine gentleman."

My eyes started getting heavy. "Really?"

"Yes. And to the left of him is the Smiths, Nancy and Bill, they have a teenaged daughter about your age. A real bright girl, straight A student."

"I'm tired, Aunt Millie, it must be the time difference. Plus, that long exhausting flight."

"Yeah, OK, you go to bed then. I'll wake you up about 9:00 or 9:30. Does that sound good?"

"Yes," I replied. As I stood up and started off for the Lion Room, it hit me. "What if I get hungry?" I turned back to Aunt Millie and asked, "If I wake up in the night, Aunt Millie, and am hungry, is it OK if I go to the kitchen and fix myself a little something to eat?"

She paused for a second. I guess she was thinking about discipline because she said, "No, the kitchen is off-limits. When you need something to eat, I'll fix it for you."

„Jaah?“

„Treffen wir uns im Eßzimmer.“

„Okay, Tante Milli.“

Sobald ich fertig war, ging ich ins Eßzimmer. Tante Milli hatte einen heißen Kakao gemacht. Ich nahm Platz. „Als erstes möchte ich dir ein wenig über unsere Nachbarn erzählen.“

„Okay, laß mal über meine neuen Nachbarn hören“, ich sagte das natürlich nicht, aber ich dachte es. Sie fing an, mir von den Nachbarn zu erzählen.

„Links von uns wohnen Mr. und Mrs. Henderson. Sie haben eine ganz kleine Tochter, vier Jahre alt. Ein wirklich nettes Paar. Rechts von uns wohnen die Serpicos. Der Junge ist vierzehn und eine absolute Katastrophe.“ Sie hörte nicht auf zu reden, und meine Gedanken wanderten zu anderen Dingen, ohne dem, was sie sagte, besondere Aufmerksamkeit zu schenken. „Hast du mich verstanden?“

„Was? Oh, nein. Tut mir leid, Tante Milli, ich bin erschöpft. Der lange Flug hat mich müde gemacht. Was hast du gesagt?“

„Ich sagte, daß Mr. Gordie von oben ein Professor im Ruhestand ist. Wenn du Hilfe brauchst mit deinen Hausaufgaben bin ich sicher, daß er dir sehr gerne helfen wird. Er ist ein echter Gentleman.“

Mir wurden langsam die Augen schwer. „Wirklich?“

„Ja, wirklich. Und links von ihm sind die Smiths, Nancy und Bill, sie haben eine Tochter in deinem Alter. Ein wirklich helles Mädchen, sie weiß, was sie will. Und eine gute Schülerin.“

„Ich bin müde, Tante Milli, es muß an der Zeitverschiebung liegen. Außerdem der lange anstrengende Flug.“

„Stimmt, okay, dann mußt du ins Bett. Ich wecke dich so um neun, halb zehn. Hört sich das aktzeptabel an?“

„Ja“, antwortete ich. Während ich aufstand und in Richtung Löwenzimmer losmarschierte, fiel mir etwas ein. „Was ist, wenn ich Hunger bekomme?“ Ich machte kehrt zu Tante Milli und fragte: „Wenn ich nachts aufwache und Hunger habe, ist es okay, wenn ich in die Küche gehe und mir eine Kleinigkeit zu essen mache?“

Sie hielt einen Moment inne. Ich nehme an, daß sie über meine Disziplin nachdachte, weil sie dann sagte: „Nein, die Küche ist tabu.

I turned away. I was really sad. I continued on to the Lion Room and got into bed. The darn bed squeaked, and it was hard to fall asleep, but I finally did.

I remember my dream really well. It was very futuristic, kinda electrical ... well, not at first. At first it was kinda strange. I dreamt that I got up in the middle of the night and was hungry, so I snuck into the kitchen for a midnight snack. But when I got in there and looked through the cupboard, all I could find were marshmallows—dozens and dozens of marshmallows. It was ridiculous. Marshmallows of all different sizes and shapes. Then I opened the fridge for some milk and there were more marshmallows everywhere. It was kinda like a nightmare.

So I went back to the room. I wasn't tired. I just looked around at all the lions, and then I started to think about the lion alarm clock. "Man," I thought to myself, "I wish it was in here with me." I asked myself, "What would persuade Aunt Millie to let me keep him back in here with me?" Then it hit me. "Maybe if I could catch the person who was vandalising the elevator, maybe she would be happy, and I could use the lion alarm clock."

Well, here is where it gets futuristic and computerized. I reached into my backpack and started pulling out all these strange wires and things. I don't know how I knew where they went or what they did, I just did. Dreams are weird that way. What I was rigging up was a video camera that had a tiny wire like a hose that was a lens. It was all connected to a little computer-like box. I sat there in the Lion Room setting it up real sneaky and trying to be quiet so I wouldn't wake Aunt Millie.

Well, after my little wire contraption was finished, I snuck out of Aunt Millie's apartment. I crept through the building until I found a door to the elevator shaft. I got on top of the elevator and set up my video camera. The small computer-like box was a kind of sensor that would trigger

Wenn du etwas zu essen möchtest, mache ich es dir."

Ich wandte mich ab. Ich war echt betrübt. Ich ging weiter zum Löwenzimmer und legte mich ins Bett. Das verflixte Bett quietschte, und es fiel mir schwer einzuschlafen, tat es aber schließlich doch.

Ich kann mich noch gut an meinen Traum erinnern. Er war ziemlich futuristisch, fast elektrisiert ... na ja, zunächst eigentlich nicht so. Zunächst war er eher merkwürdig. Ich träumte, daß ich mitten in der Nacht aufwachte und Hunger hatte, also schlich ich für einen Mitternachtssnack in die Küche. Aber als ich dort ankam und die Küchenschränke inspizierte, war das einzige, was ich finden konnte Marshmallows – Dutzende und aber Dutzende Marshmallows. Es war lächerlich. Marshmallows jeglicher Größe und Form. Dann öffnete ich den Kühlschrank, um nach Milch zu suchen, und er war überfüllt mit Marshmallows. Es war wie in einem Alptraum.

Also ging ich zurück zu meinem Zimmer. Ich war aber nicht müde. Ich schaute mir die ganzen Löwen an und begann dann, über den Löwenwecker nachzudenken. „Mann", sagte ich zu mir selber, „ich wünschte, ich hätte ihn hier bei mir." Ich fragte mich: „Was könnte Tante Milli dazu bringen, ihn bei mir zu lassen?" Dann kam mir eine Idee. „Vielleicht, wenn ich denjenigen erwischen würde, der den Fahrstuhl versaut hat, vielleicht wäre sie dann happy, und ich könnte den Löwenwecker benutzen."

Nun, ab hier wird es futuristisch und computermäßig. Ich griff in meinen Rucksack und begann damit, all diese merkwürdigen Drähte und Sachen herauszuholen. Ich habe keine Ahnung, woher ich wußte, wie sie funktionierten oder wofür sie da waren, ich tat es einfach. In solchen Dingen sind Träume verrückt. Was ich dort zusammenbastelte, war eine Art Videokamera mit einem winzigen Metallschlauch, in dem sich die Linse befand. Alles war verbunden mit einer kleinen computerartigen Box. Ich saß also im Löwenzimmer, baute alles heimlich zusammen und versuchte dabei leise zu sein, um Tante Milli nicht aufzuwecken.

Nun gut, nachdem meine kleine Apparatschaft fertig war, schlich ich aus Tante Millis Apartment. Ich kroch durch das Gebäude, bis ich eine Tür zum Fahrstuhlschacht fand. Ich stieg auf den Fahrstuhl und

the video camera to record whenever someone entered the elevator. I was excited. I was gonna catch the little bugger that Aunt Millie said she wished she could get her hands on. Like a flash and zoom, I was back in the Lion Room, resting and waiting for daytime when I could sneak back up into the elevator to retrieve my equipment and bust the culprit.

Well, it happened so fast, it was like a dream, and afterwards it had me wondering why in dreams does time ever really make much difference? Well, it was back with me—the camera and the little computer box, the long hose-like lens, everything—and I reviewed it. Sure enough I had video'd one of the Matthews kids, probably on his way to school. He pulled out a big black marker and scrawled out his name or tag or code name or whatever you wanna call it.

I showed Aunt Millie the video footage. She was happy. She kept saying, "First thing, I'm marching straight up to tell his parents." I felt good because I could see how happy she was. But now the time came when I'd have to ask her permission to use the lion alarm clock. Well, I did. At first I thought for sure she was gonna say no, but this was a dream. She said, "Yes. Just one minute, and I'll go get him." She went into her room and came back with the lion in her hands. I was so happy as she plugged him in and sat him on the nightstand next to my bed.

At first it was hard for me to get to sleep after she turned out the light to my room and said good night, because I kept imagining what it would be like to wake up to the sound of a lion's roar.

But it wasn't until the next day that I realized it was all just a dream, because I woke up with her shrugging at my shoulder. "It's time to get up. Breakfast is ready." I didn't wanna get up, I only wanted to sleep, sleep soundly until I awoke to the sound of a lion's roar.

installierte meine Videokamera. Die kleine computerartige Box war ein Sensor, der die Kamera in Gang setzte, wenn jemand den Fahrstuhl betreten würde. Ich war begeistert. Ich würde den kleinen Schmierfinken fangen, den Tante Milli so gern in ihre Finger bekommen würde. Wie der Blitz war ich zurück im Löwenzimmer, ruhte mich aus und wartete, daß es Tag würde, und ich zurück in den Fahrstuhl schleichen könnte, um meine Ausrüstung zu holen und den Übeltäter zu überführen.

Auf jeden Fall ging es so schnell, fast wie im Traum, daß ich mich nachher fragte, ob in Träumen Zeit überhaupt eine große Rolle spielt? Dann hatte ich sie zurück – die Kamera, die kleine Computer-Box, die lange schlauchartige Linse, alles – und spielte sie ab. Prompt hatte ich eins von den Matthews-Kids gefilmt, wahrscheinlich auf dem Weg zur Schule. Er zog einen großen schwarzen Marker heraus und kritzelte seinen Namen oder Zeichen oder Bandennamen oder wie auch immer man es nennt.

Ich zeigte Tante Milli das Videomaterial. Sie war happy. Sie sagte immer wieder: „Das erste, was ich tun werde, ist, zu seinen Eltern zu gehen, und ihnen alles zu erzählen." Ich fühlte mich gut, weil ich sehen konnte, wie happy sie war. Jetzt war die Zeit gekommen, um nach der Erlaubnis zu fragen, den Löwenwecker zu benutzen. Ich tat es. Zunächst war ich mir sicher, daß sie nein sagen würde, aber das war im Traum. Sie sagte: „Ja, warte einen Moment, ich geh nur schnell und hol ihn." Sie ging in ihr Zimmer und kam mit dem Löwen in ihrer Hand zurück. Ich war überglücklich, als sie ihn einstöpselte und auf den Nachttisch neben meinem Bett stellte.

Nachdem sie das Licht in meinem Zimmer gelöscht und gutenacht gesagt hatte, fiel es mir zunächst schwer einzuschlafen, weil ich mir versuchte vorzustellen, wie es wohl war, von dem Gebrüll eines Löwen geweckt zu werden.

Es dauerte bis zum nächsten Morgen, bis ich feststellte, daß alles nur ein Traum gewesen war, und ich wach wurde, als sie mich an der Schulter rüttelte. „Es ist Zeit aufzustehen. Das Frühstück ist fertig." Ich wollte nicht aufstehen, ich wollte einfach nur schlafen, tief schlafen, bis ich wach würde vom Gebrüll des Löwen.

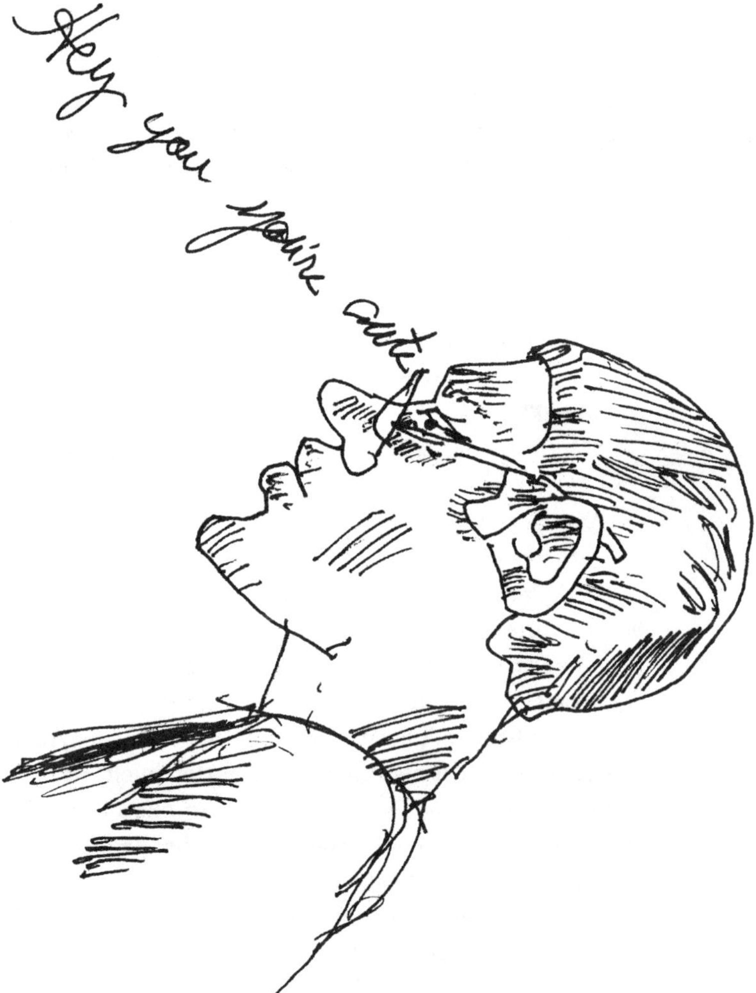
Hey you you're cute

Intelligence Is for Stupid People

I was standing on the front porch watching the rain come down. It didn't bother me that it was raining, because my ankle was sprained, and I couldn't do any skating. I was just watching the rain come down. It was coming down hard and steadily. It was five o'clock in the afternoon, and it had rained most of the day. My grandma came to the front door. "What are you doing there?" she asked.

"Watching the rain. "

She opened the door and came out to join me. "What's it doing?"

"Nothing unusual. It's just doing what it's supposed to be doing."

"You got a smoke?" my grandma asked me.

"No, I quit."

"Why'd you quit?"

"Because it got to be too expensive, and I didn't like the smell that it left on me or my clothes."

"You still doing dope?" she asked me.

At first I couldn't believe what she was asking me, then I had to believe it because she was asking me it, so I answered her, "Yeah, here and there. I'll smoke a little pot, but not too often. I don't want to get dependent on it."

"Yeah," she said, "I know what you mean. Let me go in and get a cigarette. I'll be right back."

My grandma came back out of the house. She had an upset look on her face. She was coughing the way most old people who smoke do. She had her right hand in a fist and up to her chest. "Boy, your father is stingy," she said. "When I asked him for a cigarette, he said, 'Buy your own. Here, take the one I'm smoking.' Look how much is

Intelligenz ist was für dumme Leute

Ich stand auf der Veranda und schaute dem Regen zu. Es störte mich nicht, daß es regnete, da mein Knöchel gestaucht war und ich sowieso nicht skaten konnte. Ich schaute einfach nur dem Regen zu. Er prasselte stark und anhaltend herunter. Es war fünf Uhr nachmittags und es ging schon fast den ganzen Tag so. Meine Großmutter kam zur Vordertür. „Was machst du hier?“ fragte sie.

„Ich schaue dem Regen zu.“

Sie öffnete die Tür und kam heraus, um mir Gesellschaft zu leisten. „Was macht er?“

„Nichts besonderes. Er tut nur das, was man von ihm erwartet.“

„Hast du eine Zigarette?“ fragte meine Großmutter mich.

„Nein, ich habe aufgehört.“

„Warum hast du aufgehört?“

„Weil es zu teuer wurde, und ich den Gestank nicht mochte, den es in den Klamotten hinterläßt.“

„Und machst du immer noch mit Dope rum?“ fragte sie weiter.

Zuerst konnte ich gar nicht glauben, was sie mich da fragte, dann mußte ich es aber, weil sie es mich ja schließlich gefragt hatte, also antwortete ich ihr: „Nun ja, hin und wieder. Ich rauche ein wenig Pott, aber nicht zu oft. Ich möchte mich nicht daran gewöhnen.“

„Verstehe“, sagte sie, „ich weiß, was du meinst. Ich gehe schnell rein und hol mir eine Zigarette. Ich bin gleich zurück.“

Kurz darauf kam sie wieder raus. Sie hatte einen empörten Ausdruck auf ihrem Gesicht. Sie hustete, wie es die meisten älteren Leute tun, die rauchen. Sie hatte ihre rechte Hand vor ihrer Brust zur Faust geballt. „Junge, Junge, ist dein Vater knauserig“, sagte sie. „Als ich ihn nach einer Zigarette gefragt habe, sagte er: ‚Kauf dir deine eigenen. Hier, nimm die, die ich gerade rauche.‘ Sieh mal, wieviel davon übrig ist.“ Sie zeigte sie mir. Sie war bis zum Filter runtergebrannt. „Ich bin seine Mutter, herrgott nochmal. Man sollte denken,

left." She showed it to me. It was down to the filter. "I'm his mother, for Pete's sake. You'd think he wouldn't mind giving me a cigarette."

I didn't say anything, but in my mind I was thinking maybe he was just worried about her health. She puffed away on what little was left. She stayed quiet, and that bothered me. "What are you thinking about?" I asked her.

"Your ankle. Is it still hurting you?"

"Yeah," I said.

"Well, why in the hell are you standing on it?" I didn't know what to say. "Sit down here." She put out a porch stool. I sat down and rested my injured ankle on the porch railing. "There now," she said, "that's much better for you." She threw her cigarette butt out into the rainy yard. What she said repeated in my head. "Now, you see, that's much better for you." She was still standing.

"Why don't you grab a chair for yourself?" I asked.

She did. She sat right beside me. We both were looking out at the rain. "If it wasn't raining, you'd be out on that skateboard, wouldn't you?"

"Yeah," I said.

"You and that skateboard. When you can't do it, you get sad, don't you?" I didn't say anything. I just kept quiet. I was sad, but I tried to convince myself and her that I wasn't.

"Dammit," I said aloud. "Dammit. Hey, Grandma, why can't we just decide in our minds how we want to feel and then just feel that way? Why can't we?"

She didn't understand what I was saying, so I had to explain it. "Here's what I mean, Grandma. Like right now I'm sad and I can't fake it that I ain't. I mean, in my mind, why can't I just say to myself, 'OK, now I'm going to feel happy,' or, 'OK, now I'm going to feel energetic,' or, 'Now I'm going to feel relaxed'? You know what I'm saying, don't you, Grandma?"

"Not totally, but I kind of think I know what you mean."

es würde ihm nichts ausmachen, mir eine Zigarette zu geben."

Ich sagte nichts dazu, aber insgeheim dachte ich, daß er sich vielleicht Sorgen um ihre Gesundheit machte. Sie paffte das wenige, was geblieben war, weg. Sie sagte nichts, und das nervte mich. „Woran denkst du gerade?" fragte ich sie.

„Dein Knöchel. Tut er immer noch weh?"

„Allerdings", antwortete ich.

„Na, warum zum Teufel stehst du dann drauf?" Ich wußte nicht, was ich darauf antworten sollte. „Setz dich hierhin." Sie stellte einen Korbsessel zurecht. Ich setzte mich und legte meinen verletzten Fuß auf die Verandabrüstung. „Na also", sagte sie, „das ist doch viel besser für dich." Sie warf ihren Zigarettenstummel in den verregneten Hof. Was sie sagte, wiederholte sich in meinem Kopf. „Na, siehst du, das ist doch viel besser für dich." Sie stand immer noch.

„Warum holst du dir nicht auch einen Stuhl?" fragte ich.

Sie tat es und setzte sich neben mich. Wir beide schauten jetzt gemeinsam in den Regen hinaus. „Wenn es nicht regnen würde, würdest du mit diesem Skateboard draußen sein, nicht wahr?"

„Jeah", antwortete ich.

„Du und dieses Skateboard. Wenn du nicht damit fahren kannst, bist du traurig, oder?" Ich sagte nichts dazu. Ich blieb einfach stumm. Ich war wirklich traurig, aber ich versuchte, sie und mich davon zu überzeugen, daß ich es nicht wäre.

„Verdammt", sagte ich laut. „Verdammt. Hey, Großmutter, warum können wir in unserem Hirn nicht einfach entscheiden, wie wir uns fühlen wollen und uns dann so fühlen? Warum geht das nicht?"

Sie verstand nicht, was ich damit meinte, also mußte ich es ihr erklären. „Also ich meine folgendes, Großmutter. Gerade jetzt bin ich traurig und kann nicht so tun, als ob ich es nicht wäre. Ich meine, in meinem Kopf, warum kann ich nicht einfach zu mir selbst sagen ‚Okay, jetzt werde ich mich glücklich fühlen' oder ‚Okay, jetzt werde ich mich voller Energie fühlen' oder ‚Jetzt werde ich mich entspannt fühlen'? Verstehst du, was ich sagen möchte, Großmutter, oder nicht?"

„Nicht so ganz, aber ein bißchen, glaube ich, verstehe ich, was du meinst."

I sat there feeling good like I made some kind of sense. I was feeling happy with myself, then I told her, "Man, Grandma, now I feel good and happy and invincible like I could do anything because what I just said made some sense."

My Grandma was funny. She told me while I was at it, I might as well go inside the house and try to make some sense out of my father. I laughed. She gave a smile that was modest. I wanted to make her laugh more, but trying to get her to laugh was hard. "Damn this rain," she said and then coughed quickly afterwards. She cleared her throat. "You know your father is crazy, right?"

"He's not crazy."

"Yes, he is. He's just like your grandpa. They're nuts."

"Well, how about me, then? Am I crazy?"

"No, you're normal like me and my grandma and my grandma's father. He was the one with the good ideas. He was the one that made us the richest family around."

I felt proud. "What was he like? What was his name?"

"His name was Matthew."

"Matthew," I said.

"Yes, Matthew Dillionshire."

"If we're such a rich family, how come I never see any of the money, or why don't me and my dad have our own house?"

"Because, I told you, they're nuts. They don't spend a dime, because they want the money in the bank, so they can earn interest on it."

"Well, if that's true, then I'm about to go in there and demand some of it. First thing I'm going to buy is an Ace bandage."

"No, no," my grandma said, "don't say anything about the money. They'll get mad at me for telling you."

There was a moment of silence. I looked out at the rain. "What else about my dad? What else is so crazy about him?"

Ich saß da und fühlte mich gut, als ob ich irgendwie Sinn machen würde. Ich war glücklich über mich selbst und sagte ihr das: „Mann, Großmutter, jetzt fühle ich mich wieder gut und glücklich und unschlagbar, als ob ich alles machen könnte, weil das, was ich gerade gesagt habe, einen Sinn ergibt."

Meine Großmutter war lustig. Während ich noch dran war, sagte sie zu mir, ich könnte ja auch rein gehen und versuchen, aus meinem Vater einen Sinn rauszukriegen. Ich lachte. Sie lächelte verhalten zurück. Ich wollte, daß sie richtig lachte, aber sie zum Lachen zu kriegen war schwer. „Dieser verdammte Regen", sagte sie und mußte daraufhin sofort husten. Sie räusperte sich. „Du weißt, daß dein Vater verrückt ist, nicht wahr?"

„Er ist doch nicht verrückt."

„Doch, ist er. Er ist genauso wie dein Großvater. Sie sind plemplem."

„Na, und wie steht's dann mit mir? Bin ich verrückt?"

„Nein, du bist normal, wie ich und meine Großmutter und der Vater meiner Großmutter. Er war derjenige mit den guten Ideen. Er war derjenige, der uns zur reichsten Familie rundherum gemacht hat."

Ich war stolz. „Wie war er? Wie war sein Name?"

„Sein Name war Matthew."

„Matthew", wiederholte ich.

„Ja, Matthew Dillionshire."

„Aber wenn wir eine so reiche Familie sind, wie kommt es dann, daß ich nie etwas von dem Geld zu Gesicht bekomme, oder warum haben ich und mein Dad nicht unser eigenes Haus?"

„Wie ich's dir gesagt habe, sie sind plemplem. Sie geben keinen Penny aus, weil sie das Geld auf der Bank lassen wollen, um Zinsen zu kassieren."

„Nun, wenn das wahr ist, bin ich bereit, jetzt dort hineinzugehen und etwas davon zu verlangen. Das erste, was ich kaufen werde, ist eine Bandage."

„Nein, nein", sagte meine Großmutter, „sag bloß nichts von dem Geld. Sie werden sonst wütend, daß ich dir davon erzählt habe."

Einen Moment lang herrschte Stille. Ich schaute in den Regen hinaus. „Was gibt es noch über meinen Dad? Was ist noch so verrückt an ihm?"

"Give me a second to recall something. OK, I'm going to give you something good. This was when he was a little older than you are now, and it was before he met your mother. Her used to go around with this girl, I think her name was Goldie, and... hold on now. Before I get started, I just want you to know that the story I'm going to tell you is not the average story a grandma would tell her grandson. The only reason I'm telling you is to let you know how crazy I think your father is."

"Alright then, tell me. Who was Goldie?"

"Your grandpa used to call her your dad's rainy day girl."

"Why?"

"I'll get to it. Just hold on. Every time it would rain, Goldie would call, mostly after dark, then she would show up to the house in an oversized raincoat. She never ever entered the house. Your dad would act real sneaky. He'd tell Goldie to meet him at the back door, then the two would go off and look for a secluded area to have sex in the rain."

"No way. You're lying."

"I'm not lying. The only reason I know for sure is because they got caught. It was one night when a prisoner escaped, and they had the helicopter in the air with the search light. Well, they got busted real good. When they brought your daddy home, it turned out he and that girl had no clothes on underbeneath their raincoats. Now, I swear to you, your father is a crazy man."

"No way, Grandma. I don't believe it. You're the one that's crazy." She smiled. "I liked your story. I know it's not true, though, is it?"

"You're right," she said, "it's not true. I made it up. I thought it might inspire you to give up the skateboard and start going with girls."

„Gib mir eine Sekunde, um mich daran zu erinnern. Okay, ich erzähle dir was Spannendes. Das war, als er ein bißchen älter war als du jetzt, und es war auch, bevor er deine Mutter getroffen hat. Er verabredete sich für gewöhnlich mit diesem Mädchen, ich glaube ihr Name war Goldie und ... warte einen Moment. Bevor ich anfange, solltest du wissen, daß die Geschichte, die ich dir erzählen werde, nicht gerade die übliche Geschichte ist, die eine Großmutter ihrem Enkel erzählt. Der einzige Grund, warum ich sie dir erzähle, ist, um dir zu zeigen, wie verrückt dein Vater ist."

„Also gut, dann erzähl sie mir. Wer war Goldie?"

„Dein Großvater nannte sie deines Vaters Mädchen für Regentage."

„Wieso?"

„Ich komme noch dazu. Hab etwas Geduld. Jedesmal, wenn es regnete, rief Goldie an, meistens wenn es schon dunkel war, und tauchte dann wenig später vor dem Haus in einem riesigen Regenmantel auf. Sie kam niemals ins Haus rein. Dein Dad tat immer sehr heimlich. Er sagte Goldie, sie solle an der Hintertür warten, und dann gingen die beiden los und suchten sich ein einsames Plätzchen, um im Regen Sex miteinander zu haben."

„Auf keinen Fall. Du lügst."

„Ich lüge nicht. Der einzige Grund, warum ich das alles sicher weiß, ist, weil sie geschnappt wurden. Eines Nachts ist ein Sträfling entflohen und sie hatten einen Hubschrauber in der Luft, mit Suchscheinwerfern. Na, die beiden sind ganz schön erwischt worden. Als sie deinen Daddy nach Hause brachten, stellte sich heraus, daß er und dieses Mädchen keine Kleider unter ihren Regenmänteln trugen. Also, ich schwöre dir, dein Vater ist ein Verrückter."

„Auf keinen Fall, Großmutter. Ich glaube dir das nicht. Du bist diejenige, die verrückt ist." Sie lächelte. „Deine Geschichte hat mir gefallen. Ich weiß halt nur, daß sie nicht wahr ist, das stimmt doch, oder?"

„Du hast recht", sagte sie, „sie ist nicht wahr. Ich habe sie erfunden. Ich dachte, sie könnte dich animieren, das Skaten aufzugeben und statt dessen mit Mädchen auszugehen."

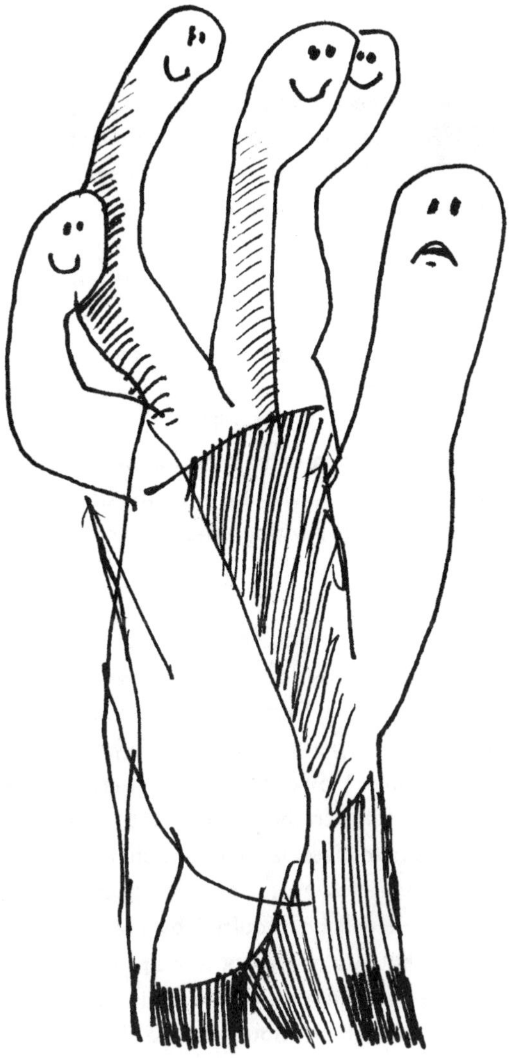

Bust Your Nose, Tickle Your Toes

Burger picked his nose steadily most of his life. The day he stopped was when his father died. His dad seemed like a very organized man. Burger was surprised that his old man had never planned for the end. No casket ordered, no resting spot reserved. No nothing. When Burger spoke to the man at the funeral parlor he began to get upset at how expensive it was to die. He felt pissed off 'cause his dad left him no money. No money at all. He couldn't believe it. He loved his dad and wanted the best for him. A nice casket, a beautiful stone, flowers, a cemetery that would be looked after properly. That is what he was thinking about, not some false friendly guy with glasses giving him several different choices to choose from.

"Well," the man with the glasses said, "according to the financial form which you've filled out, the most seemingly appropriate option for you would be to have your father cremated. Everything here at this funeral home is done very properly. If you wish to witness the cremation it is possible. However, only five persons are allowed to be present due to the capacity of the area where the cremations take place. Or, if you wish not to be present, this too is fine. However, upon acceptance of your father's ashes you will be required by law to give a signature stating that you chose not to be present."

Burger sat there listening to this freak spew on and on. All he could think about was the absence of his old man. Burger left the place in a downer than down mood. He drove through stop signs and paused at greens. When he got to his bank he cashed his check. His rent was three

Brich dir die Nase, kitzel die Zehen

Burger bohrte sich die meiste Zeit seines Lebens in der Nase. An dem Tag, als sein Vater starb, hörte er auf damit. Sein Dad schien zeitlebens ein gut organisierter Mann zu sein. Burger war überrascht, daß sein alter Herr sich anscheinend über sein Ende nie Gedanken gemacht hatte. Kein Sarg war bestellt, keine Grabstelle reserviert. Kein nichts. Als Burger mit dem Mann vom Bestattungsinstitut sprach, war er entsetzt, wie teuer es war zu sterben. Er fühlte sich hilflos, da ihm sein Dad kein Geld hinterlassen hatte. Keinen einzigen Penny. Er konnte es einfach nicht glauben. Er hatte seinen Dad geliebt und wollte nur das Beste für ihn. Einen netten Sarg, einen schönen Stein, Blumen, einen Friedhof, der gut gepflegt wurde. Das war das woran er im Moment dachte, und nicht an irgendeinen scheinheiligen, freundlichen Typen mit Brille, der ihn aus einem Katalog auswählen ließ.

„Nun", sagte der Mann mit der Brille, „gemäß Ihres finanziellen Rahmens scheint es für Sie die angemessenste Option zu sein, Ihren Vater einäschern zu lassen. In unserem Bestattungshaus läuft alles sehr korrekt ab. Wenn Sie der Einäscherung beiwohnen möchten, so ist dies möglich. Allerdings können entsprechend des Fassungsvermögens der Örtlichkeit, an der die Einäscherungen stattfinden, nur höchstens fünf Personen zugelassen werden. Oder falls Sie es vorziehen, nicht anwesend zu sein, ist uns das auch Recht. Allerdings müssen Sie uns dann nach Gesetz bei Übergabe der Asche Ihres Vaters eine Bestätigung unterschreiben, daß Sie freiwillig darauf verzichteten, anwesend zu sein."

Burger saß da und hörte zu, wie dieser Freak das alles ausspuckte. Alles, woran er denken konnte, war die Abwesenheit seines alten Herrn. Burger verließ den Ort mit einer tiefer als tiefen Stimmung. Er überfuhr Stoppzeichen und hielt bei Grün. Als er zu seiner Bank kam, löste er einen Scheck ein. Seine Miete betrug dreihundertfünf-

seventy five. Now with that and the cost of cremating it would leave him broke. Maybe he could sell his father's furniture. "No, no." That was just a thought that passed quickly. Getting rid of anything that belonged to his old man kinda seemed like a bad omen. He got restless with different ways to make money. None seemed appropriate. Then like lightning from the sky it hit Burger. He had the perfect idea. He would go to see his father's best friend Don. But not before going home and collecting all of his father's firearms. "This is perfect," Burger said to himself as he gathered up all of the guns. "If there is anything my dad would want me to sell, it would be his guns," Burger thought. "Those are the last things that he would want me to have. Those he would want to go to his friend Don, but not for free. No sir." Burger's dad and Don quarreled constantly.

Burger's mood changed. He was no longer sad. What am I saying? Of course he was still sad, he had just lost his father. But he no longer was in a dilemma about how to come up with money. The trunk of his dad's car was filled with just about every single firearm which his father owned. Burger drove over to Don's house. When he pulled up the drive he could see Don working in the garage. Burger stayed in the car and waited for Don to come over to him. Well, Don did. His first words were, "Hey Burger," followed by a tossed cigarette butt and, "where's the old man?"

Burger got out of the car and didn't answer. He opened the trunk. Don plopped another cigarette into his mouth and proceeded to light it while wondering what was going on. Burger stepped away from the trunk as Don looked in. Don recognized everything inside the trunk. After all Burger's dad and Don were partners, so they did share with one another what new guns they had acquired or which ones they would be letting go of. So most everything in the trunk was familiar to Don. "What are

undsiebzig. Damit und mit den Kosten der Einäscherung, wäre er endgültig pleite. Vielleicht könnte er die Möbel seines Vaters verkaufen. „Nein, nein." Das war ein Gedanke, der schnell wieder verworfen wurde. Es schien wie eine Art schlechtes Omen, irgend etwas, das seinem Vater gehört hatte, zu verkaufen. Es beunruhigte ihn sehr, auf welche Weise er an Geld kommen sollte. Nichts schien das richtige zu sein. Dann kam es Burger wie eine Erleuchtung von oben. Er hatte die perfekte Idee. Er würde Don aufsuchen, den besten Freund seines Vaters. Aber vorher würde er zu Hause vorbeifahren und alle Schußwaffen seines Vater abholen. „Das ist perfekt", sagte Burger zu sich selbst, während er die ganzen Waffen einsammelte. „Wenn es irgend etwas gäbe, von dem mein Dad wollte, daß ich es verkaufe, dann wären es seine Waffen", dachte Burger. „Das wäre das letzte, was er gerne in meinen Händen sähe. Er würde wollen, daß ich zu seinem Freund Don gehe, natürlich nicht umsonst. Nein, mein Herr." Burgers Dad und Don zankten sich ständig.

Burgers Laune änderte sich. Er war nicht länger traurig. Was sage ich da? Natürlich war er immer noch traurig, er hatte gerade seinen Vater verloren. Aber er war nicht länger in der Zwickmühle, Geld zu besorgen. Der Kofferraum des Autos seines Vaters war bepackt mit allen Waffe, die sein Vater besessen hatte. Burger fuhr rüber zu Dons Haus. Als er die Auffahrt hochfuhr, konnte er Don bereits in seiner Garage arbeiten sehen. Burger blieb im Wagen sitzen und wartete darauf, daß Don zu ihm rüberkäme. Und das tat Don auch. Seine ersten Worte waren „Hey Burger", gefolgt von einer weggeschnippten Zigarettenkippe und einem „Wo ist dein alter Herr?"

Burger stieg aus dem Auto aus und antwortete nicht. Er öffnete den Kofferraum. Don stopfte sich eine weitere Zigarette in den Mund und machte Anstalten, sie anzuzünden, während er sich fragte, was hier vor sich ging. Burger machte Platz, als Don in den Kofferraum schaute. Don erkannte alles im Kofferraum wieder. Trotz allem waren Burgers Dad und Don Partner gewesen und hatten sich ausgetauscht, welche neuen Waffen sie gekauft hatten, oder welche sie loswerden wollten. Dementsprechend war Don das meiste im Kofferraum vertraut. „Was machst du mit den Waffen deines Dads, Burger?"

you doing with your dad's guns, Burger?"

"I'm selling them," Burger said.

Don looked confused. "Does your dad know?"

"No," Burger said, "my dad doesn't know." Burger was in shock. "Yeah, I mean, he wants me to sell 'em."

Don backed away from the trunk, suspicious. Burger had to come up with something fast. He could tell that Don wanted no part of what was going on.

"I was gonna bury them with my dad." Burger became silent. His nose started to run and his eyes got watery. He was crying the way tough guys cry, barely noticeable. Don could tell how disturbed Burger was. He put a hand on his shoulder.

Don spoke softly. "Well," blowing some smoke out, "it's okay, Burger. You know your old man stopped coming around here once his health got bad. He was the type of guy who had a lot of pride." Burger nodded his head in agreement. "He wasn't the type to admit he needed help. He never wanted help from anybody."

Burger wiped his nose with the collar of his shirt. "I know." He began to cry more. He was filled with a tremendous amount of emotion. Don hugged Burger to try and comfort him. Burger broke free from Don. His focus was the guns which were in the trunk. "If anything, Don, my dad wouldn't want just anybody having his guns. I know that the both of you spent a lot of time collecting guns together, so I know he'd want you to have 'em, Don."

"I couldn't take 'em." His hand was up at his chest—a real humble gesture. Keep in mind it's only a gesture that Don was doing 'cause he believed Burger was gonna give him his father's guns for free. But once Burger relayed to Don that he would rather sell them to him than have to go to a gun show where he would get taken advantage of 'cause he wasn't too sure what the guns were really worth, the hand came away from his chest pretty quickly. Don

„Ich verkaufe sie", sagte Burger.

Don sah irritiert drein. „Weiß dein Dad das?"

„Nein", sagte Burger, „mein Dad weiß es nicht." Burger war geschockt. „Na, ich meine, er will, daß ich sie verkaufe."

Don trat etwas zurück vom Kofferraum, mißtrauisch. Burger mußte schnell reagieren. Ihm war klar, daß Don nicht mitmachen wollte, bei dem, was vor sich ging.

„Ich wollte sie mit meinem Dad begraben." Burger verstummte. Seine Nase begann zu laufen und seine Augen füllten sich mit Wasser. Er weinte, wie starke Männer weinen, kaum wahrnehmbar. Don merkte, wie durcheinander Burger war. Er legte ihm die Hand auf die Schulter.

Don sprach sanft, „Schon gut", und blies Rauch in die Luft, „ist okay, Burger. Du weißt, daß dein alter Herr nicht mehr vorbeigekommen ist, seitdem es mit seiner Gesundheit bergab ging. Er war der Typ von Mann, der verdammt viel Stolz hatte." Burger nickte mit seinem Kopf voller Zustimmung. „Er war kein Typ, der zugab, daß er Hilfe brauchte. Er wollte nie Hilfe, von niemandem."

Burger schneuzte sich die Nase mit dem Kragen seines Shirts. „Ich weiß." Er begann stärker zu weinen. Er war völlig aufgelöst. Don umarmte Burger, um ihn abzulenken und zu trösten. Burger machte sich los von Don. Seine Aufmerksamkeit galt den Waffen im Kofferraum. „Wenn überhaupt, Don, dann hätte mein Dad nicht gewollt, daß irgendjemand seine Waffen bekommt. Ich weiß, daß ihr beiden viel Zeit zusammen verbracht habt, Waffen zu sammeln, also bin ich mir sicher, daß er gewollt hätte, daß du sie bekommst, Don."

„Ich könnte sie nicht annehmen." Seine Hand lag dabei auf seiner Brust – eine wirklich demütige Geste. Nicht zu vergessen, daß Don diese Geste nur machte, weil er glaubte, Burger würde ihm die Waffen seines Vaters umsonst überlassen. Nachdem Burger Don aber einmal klargemacht hatte, daß er sie lieber ihm verkaufen wollte, als zu einem Waffenmarkt zu gehen, wo man ihn übers Ohr hauen würde, weil er nicht allzu genau wußte, was die Waffen wirklich wert waren, wich die Hand ziemlich schnell wieder von seiner Brust. Don war beleidigt, weil er meinte, daß ihm die Waffen von Burgers Vater zustehen würden.

felt upset 'cause he felt he was deserving of Burger's father's guns. And here Burger was gonna sell them to him. Well, the nerve of Burger. Don was pissed. He looked into the trunk with a stiff lip and a scowl. "Garbage," he said.

Burger was surprised. Just a second ago this guy Don, his father's friend, was giving him a hug, and now he was calling his father's firepower garbage. "Why?" Burger didn't know why.

Then Don spoke up. "Your old man knew he was gonna die. All this is garbage. He must have sold all the good stuff before he'd be gone."

Burger looked into the trunk. "You think so, Don?"

"Your dad wasn't dumb."

The two of them stood there looking into the trunk. Burger asked, "Well, how much do you think all this is worth?"

Don said, "I'll give you four hundred."

Burger thought to himself he was surprised 'cause he overheard his dad not longer than a month ago talking to someone over the phone saying that he spent five hundred on a particular rifle.

"Yeah, four hundred," Don said. "You can take them to some gun shops that will hold them on consignment or to a pawn shop but I'm pretty sure you'll get just about the same as I'm offering you."

Burger wasn't gonna just sit there and take that. "Hey Don, check out that rifle. It's a nice one. I can't believe four hundred's all you're gonna give me for all these guns."

Don fished around in the trunk, getting a better look at what was there. He came across a cheapie six-shooter that he had sold to Burger's dad a long time ago. Don remembered the incident well. He told Burger's dad it was a Colt collectible but it wasn't. Don turned the gun over and checked to see if the fake Colt emblem was still there. It was. Now that the man that he had gypped was

Und hier kam Burger an und wollte sie ihm verkaufen. Na, Burger hatte Nerven. Don war sauer. Er schaute mit zusammengepreßten Lippen und finsterer Mine in den Kofferraum. „Müll", sagte er.

Burger war überrascht. Gerade vor einer Minute hatte dieser Mensch, Don, der beste Freund seines Vaters, ihm noch umarmt, und nun nannte er die gesammelte Feuerkraft seines Vaters Müll. „Warum?" Burger wußte nicht, warum.

Dann fing Don an zu sprechen. „Dein alter Herr wußte, daß er sterben würde. Das ist alles Müll. Er muß das ganze gute Zeug verkauft haben, bevor er von uns gegangen ist."

Burger schaute gleichfalls in den Kofferraum. „Glaubst du wirklich, Don?"

„Dein Dad war nicht blöde."

Die beiden standen da und schauten in den Kofferraum. Burger fragte: „Und, wieviel denkst du, ist das Ganze wert?"

Don antwortete: „Ich gebe dir vierhundert."

Burger war insgeheim überrascht, er konnte seinen Dad noch hören, wie er vor weniger als einem Monat am Telefon zu jemand gesagt hatte, daß er fünfhundert für ein bestimmtes Gewehr ausgegeben hätte.

„Jeah, vierhundert", bekräftigte Don. „Du kannst auch zu einem Waffengeschäft gehen und sie in Komission geben, oder ins Pfandhaus, aber ich bin mir ziemlich sicher, daß du genausoviel bekommst, wie ich dir anbiete."

Burger wollte nicht einfach nur dasitzen und das hinnehmen. „Hey Don, schau dir mal dieses Gewehr an. Es ist spitze. Ich kann nicht glauben, daß vierhundert Dollar alles ist, was du mir für all diese Waffen geben willst."

Don stöberte unterdessen im Kofferraum herum, um einen besseren Überblick zu bekommen, was es alles gab. Er stieß auf einen billigen Sechs-Schüsser, den er Burgers Dad vor langer Zeit verkauft hatte. Don konnte sich gut daran erinnern. Er hatte Burgers Dad erzählt, daß es ein Colt-Sammlerstück sei, was nicht stimmte. Don drehte die Pistole herum und prüfte, ob das gefakte Colt-Emblem noch dran war. Es war noch dran. Jetzt, wo der Mann, den er geleimt

dead, he felt bad. He set that gun aside, apart from the others. He grabbed hold of the rifle quickly. "You're absolutely right, Burger, this rifle is nice." Don examined it well, maybe 'cause he was really interested in the rifle or maybe to take his mind off the dud. "OK," Don said while setting the rifle back into its case and into the trunk again. "I'll give you five hundred for all of them except that one." He pointed over to the fake Colt.

Burger picked up the cheap gun and looked at it. "How come you don't want this one?"

Don got nervous for a second but he was cool. He thought of himself as a swift guy, able to get out of just about any situation.

"Why don't you want it?"

Don said in a very confident voice, very assuring, "That there is a Colt Classic. Your father loved that gun, he would want you to have it."

Burger smiled big. He knew that his father didn't think of him as a normal boy. I mean, Burger was a normal boy, he just wasn't too trustworthy. He was a little too happy, like a big kid that didn't have self-control. A gun was always something that Burger's father warned him not to mess with. But now his dad's best friend Don was telling him that this Colt was his father's favorite and he would want Burger to have it. Burger was still smiling and looking at the black pistol. "How much is this one worth?" he asked.

Don said, "I'm not sure, but if I were you I wouldn't sell it."

Burger's eyes were glued to the pistol. Then Don messed up, he kept insisting that Burger should not sell the gun. Suddenly it hit Burger. He remembered when his dad first got the old Colt Classic. He questioned Don, "Didn't you sell this gun to my old man?"

Don's face turned red. "Oh, no, no. God no. I don't be-

hatte, tot war, hatte er ein schlechtes Gewissen. Er legte die Pistole zur Seite, abseits von den anderen. Er griff hastig nach dem Gewehr. „Du hast absolut Recht, Burger, das ist ein Spitzengewehr." Don schaute es sich genau an, vielleicht, weil er wirklich an dem Gewehr interessiert war, vielleicht aber auch nur, um nicht an den Blindgänger zu denken. „Okay", sagte Don, während er das Gewehr zurück in seinen Kasten und in den Kofferraum legte. „Ich gebe dir fünfhundert für alle, außer dieser." Er deutete rüber zu dem gefakten Colt.

Burger nahm die billige Pistole in die Hand und schaute sie sich an. „Wie kommt's, daß du die nicht willst?"

Don wurde für einen Augenblick nervös, blieb aber cool. Er hielt sich für einen fixen Typen, der sich aus jeder Situation rauswinden konnte.

„Warum möchtest du sie nicht?"

Don sagte in sehr vertraulichem Ton, sehr verbindlich: „Das ist ein Colt Classic. Dein Vater hat diese Pistole geliebt, er hätte gewollt, daß du sie bekommst."

Burger mußte mächtig grinsen. Er wußte, daß sein Vater ihn nicht als normalen Jungen betrachtet hatte. Ich meine, Burger war ein normaler Junge, man konnte sich nur nicht allzusehr auf ihn verlassen. Er war immer ein bißchen zu fröhlich, wie ein großes Kind, daß keine Selbstdisziplin hat. Eine Waffe war immer etwas gewesen, wovor sein Vater ihn gewarnt hatte. Und jetzt erzählte Don, der beste Freund seines Dads, ihm, daß dies der Lieblingscolt seines Vaters gewesen sei, und daß der gewollt hätte, daß er ihn bekommt. Burger grinste die ganze Zeit und schaute auf die schwarze Pistole. „Wieviel ist er wert?" fragte er.

Burger antwortete: „Ich bin nicht sicher, aber wenn ich du wäre, würde ich ihn nicht verkaufen."

Burgers Augen klebten auf der Pistole. Dann verdarb Don es sich, er bestand darauf, daß Burger die Pistole nicht verkaufen dürfte. Plötzlich fiel Burger alles wieder ein. Er konnte sich erinnern, wie sein Dad den alten Colt Classic gekauft hatte. Er nahm Don in die Mangel. „Hast nicht du meinem alten Herrn diese Knarre verkauft?"

Don wurde rot im Gesicht. „Oh, nein, nein. Gott nein. Ich glaube

lieve I've ever seen a gun quite like that." He reached for the pistol. Burger handed it over with no problem. Don looked at it closely and acted amazed. "See, this gun might actually have been used in a stagecoach robbery or two."

Burger had a small grin. "Yeah, I bet this Colt would pull in a pretty penny." Then Burger's smile grew big. He was gonna sell it 'cause he knew his dad didn't want him messin' with guns.

When Don handed the Colt back to Burger, he said aloud, "See, that there is a classic. That's the kind of gun you wanna keep in the family and hand it down from generation to generation."

Burger smiled and said in a confident voice even though he knew he was gonna sell it, "Oh, yeah, keep it in the family, definitely." He was having Don on, he knew guns were not for him.

Don gave Burger a wink and a pat on the back. "You're a smart kid, Burger. Now let me go in and get your cash."

"OK," Burger said. Don dropped his cigarette butt on the floor and went inside. Burger sat there leaning against the back bumper. He began to whistle that tune from the Andy Griffith show, then finally Don came out. He had all the money, not one cent short. Burger collected the cash and stuffed it into his front pocket. He and Don said bye to one another.

Burger was now on his way to the funeral home to pay for the cremation. After that he planned on dropping by Harvey's Guns and Ammo shop to see just how much the Colt Classic would bring in. If it brought a lot, he thought about taking a mini trip to Hawaii to spreed his father's ashes over a nice place. Those were the thoughts going through Burger's head as he pulled into the funeral parlor's parking lot. Before he got out of the car and went into the funeral home, he sat there a moment just to see if he had everything in order. He looked for a pen 'cause

nicht, daß ich jemals so eine Pistole gesehen habe." Er griff nach der Pistole. Burger reichte sie ihm ohne zu zögern. Don schaute sie sich genau an und tat erstaunt. „Mensch, diese Pistole könnte sogar in ein oder zwei Kutschenüberfällen benutzt worden sein."

Burger zeigte ein kleines Grinsen. „Jeah, ich wette, dieser Colt würde ein nettes Sümmchen einbringen." Dann wurde Burgers Grinsen größer. Er würde ihn verkaufen, er wußte, daß sein Dad nicht gewollt hätte, daß er mit Waffen herumspielt.

Als Don den Colt an Burger zurückgab, sagte er dabei laut: „Mensch, das ist ein Sammlerstück. Das ist die Sorte von Waffen, die in der Familie bleibt und die man von Generation zu Generation weitergibt."

Burger grinste weiterhin und sagte in vertraulichem Ton „Oh, jeah, in der Familie bleiben, ganz bestimmt", obwohl er wußte, daß er ihn verkaufen würde. Er nahm Don auf den Arm, er wußte, daß Waffen nichts für ihn waren.

Don zwinkerte Burger zu und gab ihm einen Klaps auf die Schulter. „Du bist ein cleveres Bürschchen, Burger. Jetzt laß mich reingehen und dein Geld holen."

„Okay", sagte Burger. Don warf seine Kippe auf den Boden und ging ins Haus. Burger blieb gegen die Stoßstange gelehnt sitzen. Er begann die Melodie aus der Andy-Griffith-Show zu pfeifen, bis Don schließlich wieder herauskam. Er brachte das ganze Geld mit, nicht einen Penny zu wenig. Burger nahm das Geld in Empfang und stopfte es sich in die Tasche. Dann sagten die beiden sich aufwiedersehen.

Burger fuhr nun zum Beerdigungsinstitut, um für die Einäscherung zu bezahlen. Danach wollte er bei Harvey's Waffen und Munitionsgeschäft vorbeischauen, um zu sehen, wieviel der Colt Classic ihm einbringen würde. Wenn er viel einbringen würde, könnte er über einen Mini-Trip nach Hawaii nachdenken, um die Asche seines Vaters an einem schönen Ort zu verstreuen. Diese Gedanken gingen Burger durch den Kopf, als er auf den Parkplatz des Beerdigungsinstituts einbog. Bevor er aus dem Auto stieg und das Beerdigungsinstitut betrat, blieb er einen Moment sitzen, um zu sehen, ob er alles bei sich hatte. Er suchte nach einem Stift, weil er wußte, daß er irgendwelche wich-

he knew that he was gonna have to sign some important legal papers. Now he was set. He went inside.That didn't take long at all, not longer than thirty minutes. He paid his cash, signed some papers, and received his father's ashes.

Now over to Harvey's Gun and Ammo shop to sell the old Colt Classic. The sound of the car starting up stuck in Burger's mind as he pulled out of the funeral home's parking lot. He drove to Harvey's. He kept glancing over to his father's ashes. "So, that's what's left of my old man—a box of ash." Burger's mind was definitely someplace else. It took loud screeching sounds of tires skidding to bring him back to reality. Just two more blocks and he would be at Harvey's. "Jesus, if I could just concentrate on driving," he thought to himself. After the close call, at the next red light Burger put the box of ashes into the back seat of the car. Maybe now he wouldn't be so distracted.

When he got to Harvey's, Burger was quick to park and get out. He opened the trunk of the car and grabbed hold of the Colt Classic. He shoved it into the waistband of his pants so it would be secure. He didn't think of it as a concealed weapon, he only thought it was the safest place for it. Burger entered Harvey's and when he did a metal detector went off. The security guard at the door asked Burger if he had a piece on him.

Burger said, "Yeah."

The man asked, "Do you have a license to carry a concealed weapon on you?"

Burger felt the danger he was in, so he put his hands slightly into the air and away from his hips and told the gentleman, "No, I'm sorry, sir. I would have carried the gun in the case it came in but I..."

The security guard interrupted Burger by saying, "It's alright," and pulled the Colt Classic from his waistband. He checked to see if it was loaded and then handed the piece to Burger and told him when he left the store to be

tigen Papiere unterschreiben mußte. Jetzt war er bereit. Er ging rein. Das ganze dauerte nicht lange, alles in allem nicht länger als eine halbe Stunde. Er zahlte seine Rechnung, unterschrieb ein paar Papiere und bekam die Asche seines Vaters überreicht.

Jetzt rüber zu Harvey's Waffen und Munitionsgeschäft und den alten Colt Classic verkaufen. Das Geräusch des startenden Autos blieb in Burgers Kopf, als er vom Parkplatz des Beerdigungsinstituts fuhr. Er fuhr zu Harvey's. Er schielte immer wieder zu der Asche seines Vaters. „Das ist also übriggeblieben von meinem alten Herrn – eine Box voller Asche." Burger war mit seinen Gedanken ganz woanders. Erst das laute Quietschen von bremsenden Reifen brachte ihn zurück in die Realität. Noch zwei Blocks und er wäre bei Harvey's. „Jesses, wenn ich mich nur aufs Fahren konzentrieren könnte", dachte er bei sich. Nach dem Beinah-Zusammenstoß stellte Burger die Box mit der Asche an der nächsten Ampel auf den Rücksitz. Vielleicht wäre er jetzt nicht mehr so abgelenkt.

Als er bei Harvey's ankam, beeilte sich Burger zu parken und auszusteigen. Er öffnete den Kofferraum und griff nach dem Colt Classic. Er stopfte ihn in seinen Hosenbund, damit er gut aufgehoben wäre. Er dachte nicht daran, daß er dort nach einer verdeckten Waffe aussehen würde, er fand einfach nur, daß es der sicherste Platz für ihn wäre. Burger betrat Harvey's, und sofort löste ein Metalldetektor Alarm aus. Der Sicherheitsbeamte an der Tür fragte Burger, ob er eine Waffe an sich hätte.

Burger sagte „Jeah".

Der Mann fragte ihn: „Hast du eine Lizenz, eine verdeckte Waffe zu tragen?"

Burger wurde die Gefahr bewußt, in der er sich befand, also hob er seine Arme etwas, weg von seinen Hüften, und sagte zu dem Mann: „Nein, es tut mir leid, Sir. Ich hätte die Pistole ja gerne in dem Kasten transportiert, der dazugehört, aber ich..."

Der Sicherheitsbeamte unterbrach Burger und sagte, „Ist in Ordnung", indem er ihm den Colt Classic aus dem Bund zog. Er überprüfte, ob er geladen war und gab das Stück dann wieder an Burger zurück, nicht ohne zu sagen, daß er nach einer Tüte fragen sollte,

sure to ask for a sack. Burger played along like he wasn't stupid. "Of course I should have had the gun concealed in a sack," he thought. "Any kind of sack would have done." Damn it, why didn't he know this? He walked up to the counter. There were about four men behind the counter, all busy with customers. Burger stood there with the pistol resting in the palm of his hand. He felt like a moron but it was the only way to hold the gun without it looking as though he was planning on using it. Finally a younger dude about his age who was working the floor told Burger it would be OK to set the gun on the carpeted display case to the left while he waited for assistance. Burger did just that and thanked the guy. The guy smiled and said, "No problem." He could tell that Burger was in unfamiliar territory. Burger noticed that one of the four men behind the counter was no longer busy. He stepped up to be helped.

"Welcome to Harvey's, sir. What can we do for you today?"

Burger was nervous. "Well, sir," he wanted to sound honorable, "I'd like to sell a gun." Burger gestured with his hand over to the left side of the counter, the carpeted part where he had set the Colt down. The man looked over and saw the gun lying there. The two walked over to that end of the counter, Burger on the customer's side, the man on the employee's side. When they got there the man asked if it was his gun. Burger took a second to think it over now that his father was dead. "Yes, yes," he answered. "It belonged to my father but it's mine now. It was his favorite gun." Burger was proud so he spoke up. "An old Colt Classic, didn't they used to call them wheel guns?" The man snubbed Burger and did not answer. He just kept examining the gun. The more he looked the more uncomfortable Burger felt. The man behind the counter set the gun down after thoroughly examining it.

"I can't give you more than fifty bucks for that gun, son."

Burger thought maybe the man was tripping. "Hold

wenn er das Geschäft wieder verlassen würde. Burger tat so, als ob er schließlich nicht auf den Kopf gefallen sei. Insgeheim dachte er aber: „Natürlich hätte ich die Pistole in einer Tüte verbergen sollen. Jede Art von Tüte hätte es getan.“ Zum Teufel mit ihm, warum hatte er das nicht gewußt? Er ging auf den Tresen zu. Dahinter arbeiteten vier Männer, alle waren mit Kunden zugange. Burger stand da, mit der Pistole auf seiner offenen Handfläche ruhend. Er kam sich wie ein Vollidiot vor, aber das war die einzige Art, die Pistole zu halten, ohne daß es so aussah, als ob er sie gleich benutzen wollte. Schließlich sagte ihm ein junger Bursche seines Alters, daß es okay wäre, wenn er die Pistole auf den mit Stoff bezogenen Teil der Theke links von ihm legen würde, während er auf Bedienung warte. Burger tat genau das und bedankte sich bei dem Typen. Der grinste und sagte: „Kein Problem.“ Ihm war klar, daß sich Burger auf unbekanntem Terrain befand. Burger sah, daß einer der vier Männer hinter der Theke nicht länger beschäftigt war. Er trat nach vorn, um sich bedienen zu lassen.

„Willkommen bei Harvey's, Sir. Was können wir heute für Sie tun?“

Burger war nervös. „Nun, Sir“, er wollte seriös klingen, „ich würde gerne eine Waffe verkaufen.“ Burger gestikulierte mit seiner Hand in Richtung des linken Endes der Theke, dem stoffbezogenen Teil, wo er den Colt abgelegt hatte. Der Mann schaute rüber und sah die Pistole dort liegen. Die beiden gingen zusammen zum Ende der Theke, Burger auf der Kundenseite, der Verkäufer auf der Angestelltenseite. Als sie angekommen waren, fragte der Mann ihn, ob das seine Pistole wäre. Burger hielt einen Moment inne und dachte daran, daß sein Vater ja jetzt tot war. „Ja, ja“, antwortete er. „Sie gehörte meinem Vater, aber jetzt ist sie mir. Es war seine Lieblingswaffe.“ Burger war stolz, also wurde er lauter. „Ein alter Colt Classic, haben sie die nicht früher Wheelguns genannt?“ Der Mann verzog abfällig das Gesicht und antwortete nicht. Er untersuchte weiter die Pistole. Je länger er schaute, desto unwohler fühlte sich Burger. Nach sorgfältiger Untersuchung legte der Mann hinter dem Tresen die Waffe nieder.

„Ich kann dir für diese Pistole nicht mehr als fünfzig geben, Junge.“

Burger glaubte zunächst, daß der Mann Witze mit ihm machte. „Einen Moment mal“, sagte er. Sein Tonfall klang ein wenig verärgert.

on," he said. His voice became a little angry. "That's a Colt original."

The man picked the gun up and, in a voice that was trying to be warm, said, "Son, this is a no-name gun. Somebody just put that Colt emblem on there."

Burger put his hand out to accept the gun. The man gave it to him. Burger looked closely at the Colt logo. He picked at it with his finger. The emblem came off. The man behind the counter was nice to Burger. "They must have stuck the Colt logo on there with Super glue and tried to scuff it to look old like the gun. I'd say your old man got had."

Burger's eyes were on fire. His memory suddenly was in order. Now he was able to recall his dad purchasing this gun from Don. That's why Don denied selling it to his dad. That's why he didn't want to buy it back, 'cause he felt bad. He didn't want Burger to sell it either 'cause he didn't want Burger finding out that it wasn't a classic. Son of a bitch. Burger was mad. The man behind the counter could tell. He kept trying to cool Burger off. "It's still an alright pistol, son. I mean it will shoot, it just isn't worth what you thought it was."

Burger's mind was racing. The thought of Don pulling a fast one over on his dad and now that his dad was dead he was trying to pull it over on Burger—well, the nerve of Don. "Keep it in the family. It's an old gun. Your dad would want you to have it."

"No," Burger was thinking. "My dad don't like me messing with guns. My dad would want you to have it." The man behind the counter was watching Burger as he said nothing but spoke inwardly to himself. Burger realized that the man was being polite by letting him have a moment to himself. "Sorry, sir," Burger said. "I was just thinking."

The man said, "Well, that's OK with me, son. There's no law against it. Just let me know if you need any further help."

"OK," Burger said as the man walked off to go and tend

„Das ist ein original Colt.“

Der Mann nahm die Pistole in die Hand und versuchte, seine Stimme freundlich klingen zu lassen, als er sagte: „Junge, das ist eine No-Name-Pistole. Jemand hat das Colt-Zeichen einfach draufgeklebt.“

Burger streckte die Hand aus, um die Pistole entgegenzunehmen. Der Mann händigte sie ihm aus. Burger schaute sich das Colt-Logo näher an. Er knibbelte mit seinem Finger daran. Das Zeichen löste sich. Der Mann hinter dem Tresen war nett zu Burger. „Irgendjemand muß das Colt-Logo mit Sekundenkleber drangeklebt haben und hat versucht, sie zu verkratzen, damit sie entsprechend alt aussieht. Ich würde sagen, dein alter Herr ist reingelegt worden.“

Burgers Augen glühten vor Zorn. Plötzlich war mit seinem Erinnerungsvermögen alles in Ordnung. Jetzt konnte er sich wieder erinnern, wie sein Dad diese Pistole von Don gekauft hatte. Deswegen hatte Don abgestritten, sie seinem Dad verkauft zu haben. Deswegen wollte er sie nicht zurückkaufen, weil er ein schlechtes Gewissen hatte. Und er wollte auch nicht, daß Burger sie verkaufte, weil er nicht wollte, daß Burger herausfand, daß es kein Sammlerstück war. Scheißkerl. Burger war wütend. Der Mann hinter dem Tresen konnte das bestätigen. Er versuchte Burger zu beruhigen. „Es ist immer noch eine ganz ordentliche Pistole, Junge. Ich meine, sie schießt schon, sie ist halt nur nicht soviel wert, wie du dachtest, daß sie wert sei.“

Burger raste innerlich vor Wut. Der Gedanke, daß Don seinen Dad über den Tisch gezogen hatte, und jetzt, wo sein Dad tot war, dasselbe mit Burger versuchte – na, Don hatte Nerven. „Sie sollte in der Familie bleiben. Es ist eine alte Pistole. Dein Dad hätte gewollt, daß du sie bekommst.“

„Nein“, dachte Burger. „Mein Dad wollte nicht, daß ich mit Waffen herumspiele. Mein Dad hätte gewollt, daß du sie bekommst.“ Der Mann hinter dem Tresen beobachtete Burger, während der nichts sagte, sondern mit sich selber sprach. Burger merkte, daß der Mann ihm höflicherweise einen Moment gegönnt hatte, um sich zu sammeln. „Entschuldigen Sie, Sir“, sagte Burger, „ich habe bloß nachgedacht.“

Der Mann antwortete: „Da habe ich kein Problem mit, Junge. Es gibt kein Gesetz dagegen. Sag einfach nur, wenn du noch Hilfe brauchst.“

to another customer. Burger spoke up, "Just a sec, sir. Can I buy bullets for this gun?"

"Sure you can," the man told him. Burger looked on the man's bib, it said "Harvey's Guns and Ammo Supply Shop." Then, like lightning, it hit Burger.

"Do you guys make the bullets here? I mean, do you put the gunpowder into the shells?" But before Burger could finish, the man interrupted.

"Not all of the bullets sold here are packed here. I think we carry bullets for this gun that are packed here. They're a good deal cheaper too. Let me go and check." The man was about to go and check but before he could, Burger stopped him. "Yes?" the man asked.

Burger rested his right hand on the fake Colt. "See, sir, my dad liked this gun. It meant a lot to him."

"Yes," the man said. "I understand."

Burger continued. "He thought it was an original six-shooter from the old days. He used to tell me that some outlaw might have robbed a stagecoach with it." The man smiled vaguely. "He told me he could sell it for a lot of money, but that he loved it too much."

The man kept listening to Burger talk, waiting to see what it was he was getting at. Then finally Burger told the man that he just had his father cremated and that he wanted to sell the gun and fly to Hawaii to spread his father's ashes over some place beautiful.

The man said, "Well, that's understandable, son, but the gun just ain't worth more than fifty bucks."

Burger said, "Oh, no, sir, I wasn't asking for you to give me more than what the gun's worth. I was getting around to asking if it would be possible to have some of my father's ashes placed inside the bullets so I can shoot pieces of him through his favorite gun."

The man behind the counter picked the fake Colt up and examined it again. "Well, even though it ain't a real

„Okay“, sagte Burger, als der Mann schon davonging und sich einem anderen Kunden zuwandte. Burger rief ihm zu: „Einen Moment, Sir. Kann ich Kugeln für diese Pistole kaufen?“

„Sicher kannst du das“, sagte der Mann zu ihm. Burger schaute auf das Schildchen des Mannes, auf dem „Harvey's Waffen und Munitionsgeschäft“ stand. Dann traf es Burger wie ein Schlag.

„Stellen Ihre Leute auch die Patronen her? Ich meine, tun Sie das Schießpulver in die Hülsen?“ Aber bevor Burger ausreden konnte, unterbrach ihn der Mann.

„Nicht alle Patronen, die wir verkaufen, werden auch hier hergestellt. Ich glaube, daß wir für diese Pistole Patronen haben, die hier gemacht worden sind. Sie sind außerdem erheblich günstiger. Ich geh mal und schau nach.“ Der Mann wollte los, um nachzusehen, aber bevor er überhaupt konnte, stoppte ihn Burger. „Ja?“ fragte der Mann.

Burger legte seine rechte Hand auf den gefakten Colt. „Sehen Sie, Sir, mein Dad liebte diese Pistole. Sie hat ihm eine Menge bedeutet.“

„Ja“, sagte der Mann. „Das verstehe ich.“

Burger fuhr fort. „Er dachte, sie sei ein original Sechs-Schüsser aus den alten Tagen. Er hat mir immer erzählt, daß vielleicht irgendein Gangster eine Kutsche damit überfallen hat.“ Der Mann lächelte vage. „Er sagte mir, er könnte sie für teures Geld verkaufen, aber er würde sie zu sehr lieben.“

Der Mann hörte Burgers Rede zu und wartete ab, auf was er hinauswollte. Zuguterletzt erzählte Burger dem Mann, daß sein Vater gerade eingeäschert worden war, und daß er die Pistole verkaufen wollte, um nach Hawaii zu fliegen und die Asche seines Vaters an einem schönen Ort zu verstreuen.

Der Mann sagte: „Nun, das ist alles sehr verständlich, Junge, aber die Pistole ist nun mal nicht mehr wert als fünfzig Dollar.“

Burger sagte eilig: „Oh, nein Sir, ich wollte Sie nicht bitten, mir mehr zu geben, als die Pistole wert ist. Ich wollte damit fragen, ob es möglich wäre, einen Teil der Asche meines Vater in Patronen zu füllen, so daß ich ihn durch seine Lieblingspistole schießen kann.“

Der Mann hinter dem Tresen nahm den gefakten Colt wieder in die Hand und untersuchte ihn erneut. „Nun, auch wenn es kein richtiger

Colt, it ain't too bad a gun. Let me check with Harvey and see if he'll allow it."

Burger stood there and watched the man walk up some stairs and into an office that overlooked the entire store. Burger saw the blinds flick. A different man than the one that was helping him looked out. Burger assumed this was Harvey. He had glasses on, the tops were tinted. The blinds closed and the man was gone. The door opened and the guy that was originally helping him came down the stairs. When he got to where Burger was, he smiled. "Harvey says it's OK. You got your father's ashes?"

Burger was surprised. He smiled. "Yeah, they're in the car."

The man behind the counter said, "Well, go get 'em."

Burger moved through the store fast, avoiding the other customers. When he got to the car, he realized that he locked the keys in the trunk. He looked through the window and he could see his father's ashes in the back seat. He wasn't gonna wait for Triple A. Not now. He stepped back and kicked the back window out on the passenger side. Some glass landed on top of the box which was holding his father's ashes. Burger brushed it off and then leaned way over towards the driver's seat. He pulled on the trunk release and got his keys. Now with his father's ashes in one hand and his keys in the other, he marched back into Harvey's.

Waiting for the bullets took awhile, so Burger looked around. He kept imagining what Don's face would look like when he pulled the pistol on him. Finally the bullets were finished. Burger told the man behind the counter thank you. The man handed Burger the box of leftover ash and told him to go pay the cashier and then come back and he would give the bullets and his gun back in separate bags. Burger did what the man told him. When everything was finally finished, Burger was walking out of Harvey's with one bag in each hand and the box of ashes

Colt ist, ist es keine so schlechte Waffe. Laß mich Harvey fragen und sehen, ob er das erlaubt."

Burger stand da und schaute dem Mann hinterher, wie er ein paar Treppenstufen hochging in ein Büro, von dem aus man den ganzen Laden überblicken konnte. Burger sah, wie sich die Jalousien öffneten. Ein anderer Mann, nicht der, der ihn bediente, schaute heraus. Burger nahm an, daß das Harvey war. Er trug eine Brille, die Gläser waren oben getönt. Die Jalousien schlossen sich und der Mann war verschwunden. Die Tür öffnete sich und der Typ, der ihm ursprünglich geholfen hatte, kam die Treppe herunter. Als er zu Burger kam, lächelte er. „Harvey sagt, es ist okay. Hast du die Asche deines Vaters dabei?"

Burger war überrascht. Er grinste. „Jeah, sie ist im Wagen."

Der Mann hinter dem Tresen forderte ihn auf: „Na, dann hol sie."

Burger bewegte sich eilig durch den Laden und versuchte, den anderen Kunden aus dem Weg zu gehen. Als er zum Auto kam, merkte er, daß er die Schlüssel im Kofferraum eingeschlossen hatte. Er schaute durch das Fenster und konnte die Asche seines Vaters auf dem Rücksitz sehen. Er würde nicht auf den Abschleppdienst warten. Nicht jetzt. Er ging etwas zurück und trat das Rückfenster auf der Beifahrerseite ein. Ein paar Glassplitter landeten auf der Box, die die Asche seines Vaters enthielt. Burger wischte sie weg und beugte sich dann rüber zum Fahrersitz. Er betätigte den Hebel für den Kofferraum und kam an seine Schlüssel. Mit der Asche seines Vaters in der einen Hand und seinen Schlüsseln in der anderen marschierte er zurück zu Harvey's.

Bis die Patronen fertig waren, dauerte es eine Weile, also schaute sich Burger ein bißchen um. Er stellte sich vor, was Don für ein Gesicht machen würde, wenn er die Pistole auf ihn richten würde. Endlich waren die Patronen fertig. Burger bedankte sich bei dem Mann hinter dem Tresen. Der Mann überreichte Burger die Box mit der übrigen Asche und sagte ihm, daß er erst an der Kasse zahlen und dann zurückkommen müßte, damit er ihm die Patronen und die Pistole in separaten Tüten geben könnte. Burger tat, was ihm der Mann gesagt hatte. Als schließlich alles erledigt war, marschierte Burger mit einer Tüte in jeder Hand und der Box mit der Asche unter dem Arm bei Harvey's

beneath his right armpit. The security guard gave him a nod and held the door open for him. Burger felt happy. "Thank you, sir." The security guard waved him off.

When Burger got to the car he sat the two bags on the floor and opened the trunk. He placed the remains of his father's ashes inside, then he slammed the trunk. Burger was angry but it was a happy anger. In just a short while he was going to even up the score with Don for selling his dad a fake. Burger picked up the two bags, one which contained the bullets and the other which contained the fake Colt. He opened the door on the driver's side and got in. He tossed the two bags onto the passenger seat. When he did, then his attention was drawn to the broken window in the back seat. "Fuck", Burger said aloud. He was angry. The busted window had nothing to do with Don, but somehow Burger still managed to blame it on him. Burger's mind was playing tricks with him.

The car started with no problem. He was driving but he felt like he wasn't getting anywhere. In Burger's mind he wanted to load the bullets into the gun and give it a test shot into the air. The sun was starting to come down. Burger's mind was racing. Where could he load the gun and get off one shot where it wouldn't cause much of a commotion? He immediately thought of going to a bad part of town. Burger looked around and took notice that he was in a bad part of town. The liquor store's lights always draw your attention. They drew Burger's attention. He pulled right into Joe's Liquor Store and parked far from the entrance. He turned the car's motor off and sat there looking at the two bags in the passenger seat. He opened one of them. It was the bag with the bullets. He took one out and looked at it closely. Burger's thoughts were of his father. His dad would kill him if he knew what he was up to. His dad loved order and he liked the law. Burger loaded six bullets into the gun, one bullet for each chamber. He was

hinaus. Der Sicherheitsbeamte nickte ihm zu und hielt ihm d
auf. Burger fühlte sich erleichtert.

„Dankeschön, Sir." Der Sicherheitsbeamte winkte ihm hin

Als Burger am Auto ankam, setzte er die beiden Tüten auf dem Boden ab und öffnete den Kofferraum. Er stellte die Überreste seines Vaters hinein, dann knallte er den Kofferraum zu. Burger war zwar wütend, aber es war eine heitere Wut. In kürzester Zeit würde er die Rechnung begleichen, die er mit Don für den Verkauf einer Fälschung an seinen Dad offen hatte. Burger nahm die zwei Tüten wieder auf, die eine mit den Patronen und die andere mit dem gefakten Colt. Er öffnete die Fahrertür und stieg ein. Er schleuderte die beiden Tüten auf den Beifahrersitz. Dabei wurde seine Aufmerksamkeit auf die zerbrochene Fensterscheibe bei der Rückbank gelenkt. „Fuck", sagte Burger laut. Er war wütend. Die zerschmetterte Fensterscheibe hatte nichts mit Don zu tun, aber irgendwie schaffte er es, ihn auch dafür verantwortlich zu machen. Sein Verstand spielte ihm da einen Streich.

Der Wagen startete ohne Probleme. Er fuhr los, hatte aber das Gefühl, daß er nicht von der Stelle käme. Am liebsten hätte er die Patronen in die Pistole getan und einen Testschuß in die Luft abgegeben. Die Sonne ging bereits unter. Burgers Gedanken rasten. Wo konnte er die Pistole laden und einen Schuß loslassen, ohne viel Aufsehen zu erregen? Er dachte sofort daran, in ein übles Viertel der Stadt zu fahren. Burger schaute sich um und stellte fest, daß er sich bereits in einem üblen Viertel befand. Es sind immer die Lichter der Trinkhallen, die die Aufmerksamkeit auf sich ziehen. Genauso zogen sie Burgers Aufmerksamkeit auf sich. Er fuhr geradewegs auf Joe's Schnapsladen zu und parkte in einiger Entfernung vom Eingang. Er schaltete den Motor aus und starrte auf die beiden Tüten auf dem Beifahrersitz. Er öffnete die erste von ihnen. Es war die Tüte mit den Patronen. Er holte eine heraus und schaute sie sich genauer an. Burgers Gedanken waren bei seinem Vater. Sein Dad hätte ihn gekillt, wenn er gewußt hätte, was er vorhatte. Sein Dad hatte Ordnung geliebt und das Gesetz respektiert. Burger lud sechs Patronen in die Pistole, eine Patrone für jede Kammer. Er war aufgeregt. Er wollte

excited. He was gonna fire this gun after loading it. Burger got out of the car and tucked the pistol away into his pants. His eyes moved about quickly as if they were battery-operated. When Burger got to the entrance of Joe's Liquor Store he lifted his eyebrows at a drunk who was collecting spare change, possibly a code way of saying hello. The drunk's ship was experiencing difficulties, so he just shook his cup and the change rattled. Burger entered Joe's without making any donations. Ding dong. Burger cruised the aisles and was unable to find what he needed. The store clerk was lurching so far over the counter to see what Burger was doing he might just as well have stepped over and kept watch from a comfortable position.

"What can I help you find?" the clerk hollered over to Burger.

"Reese's Peanut Butter Cups," Burger hollered back.

"Sure," the clerk said. "I keep those behind the counter. Please come over."

Burger started to walk over. The clerk was no longer watching Burger, his eyes were down. He was getting the peanut butter cups. Burger pulled out his gun. When the guy behind the counter lifted his head and saw Burger standing there with a gun he dropped the candy on the counter. Burger walked up slowly with the gun still aimed at the clerk, and he picked the candy up. He put it in his pocket. The clerk could sense that all Burger wanted was the candy. His face was puzzled. Burger started to back out of the store with the gun still on the clerk.

"So you're gonna rob me at gunpoint for Reese's Peanut Butter Cups?" the clerk said it sounding like an absolute idiot 'cause in his mind, if he was gonna pull a gun on someone it would be for more than just a candy bar.

Burger's eyes and face looked evil. He held the gun a little higher. "Yeah, what's wrong with that?" Burger was now in a standstill position. The clerk's face went flush.

die Pistole jetzt sofort nach dem Laden abfeuern. Burger stieg aus dem Auto und ließ die Waffe in seiner Hose verschwinden. Seine Augen bewegten sich so schnell, als ob sie ferngesteuert wären. Als Burger an den Eingang von Joe's Schnapsladen gelangte, hob er die Augenbrauen über einen Säufer, der nach Kleingeld fragte, vielleicht seine Art, hallo zu sagen. Das Schiff des Säufers war mächtig ins Schwanken geraten, also schüttelte er seine Dose und ließ das Kleingeld scheppern. Burger betrat Joe's Laden, ohne ihm eine Spende zu geben. Ding dong. Burger irrte durch die Regale und konnte nicht finden, wonach er suchte. Der Verkäufer hängte sich so weit über den Tresen, um zu sehen, was Burger machte, daß er genausogut hätte herumkommen können und von einer erheblich angenehmeren Position hätte zuschauen können.

„Kann ich dir beim Suchen behilflich sein?" polterte der Verkäufer rüber zu Burger.

„Reese's-Peanutbutter-Riegel", polterte Burger zurück.

„Kein Problem", sagte der Verkäufer. „Die habe ich hier hinter dem Tresen. Komm bitte rüber."

Burger bewegte sich langsam rüber. Der Verkäufer achtete gerade nicht auf Burger, seine Augen waren nach unten gerichtet. Er kramte nach den Peanutbutter-Riegeln. Burger zog seine Pistole hervor. Als der Typ hinter dem Tresen seinen Kopf wieder hob und Burger mit einer Pistole dastehen sah, ließ er den Riegel auf den Tresen fallen. Burger kam langsam heran, die Pistole immer auf den Verkäufer gerichtet, und hob den Riegel auf. Er steckte ihn in seine Tasche. Der Verkäufer merkte, daß der Riegel alles war, was Burger wollte. Sein Gesicht sah verdutzt aus. Burger trat langsam den Rückzug aus dem Laden an, die Pistole weiterhin auf dem Verkäufer.

„Du willst mich allen Ernstes mit vorgehaltener Waffe für einen Reese's-Peanutbutter-Riegel ausrauben?" fragte der Verkäufer und ließ es wie etwas völlig Idiotisches klingen, weil wenn er eine Pistole auf jemand richten würde, wäre es für mehr als bloß einen Riegel.

Burger schaute grimmig drein. Er hob die Pistole ein wenig an. „Und, was ist falsch daran?" Burger war stehen geblieben. Das Gesicht des Verkäufers lief rot an.

"Nothing," the clerk said. His life flashed before him. With his hands he motioned for Burger to continue on out, but now Burger was not going to leave. The clerk felt like he was in real danger. When Burger got back up to the counter where he was face to face with the clerk he tripped out on how his face was contorting and his lips began to curl. Burger grinned 'cause he wasn't gonna shoot this guy and he knew that but the clerk didn't. He was terrified. When he spoke he stuttered, "What-t-t-t ells-s-s do you want?"

Burger looked behind the clerk and saw all the bottles of booze. "Let me have a fifth of Bacardi. The one with the pink cap."

"You're gonna shoot me when I turn."

"I'm not gonna shoot you. Don't go putting ideas into my head." Burger waved the gun like "Come on dude, move it, I haven't got all day."

The clerk turned slowly while talking to himself. "Please oh please oh please God..."

Burger reached for the bottle with his right hand. Once he had it he backed out of Joe's Liquor Store. The clerk stayed put. When Burger got outside he transferred the bottle of liquor to his other hand. He lifted the gun right to the sky and fired. Burger's face lit up. He was happy. The drunk near the entrance was smiling too. He saw Burger aim upward and shoot. "Woowee!" the bum said.

Super charged, Burger smiled and said, "It's a fake but it fires good."

"Shore does," the drunk said. "How about a little change?" The bum rattled his cup.

Burger went over and gave him the Bacardi. The bum smiled. His teeth looked ugly but his eyes looked pretty. "That will do," he said.

Burger started for the car. At first he was taking his time but then he realized that he had better put the move

„Nichts", sagte der Verkäufer. Sein Leben lief vor ihm ab. Mit einer Handbewegung versuchte er, Burger rauszulotsen, aber jetzt würde Burger nicht mehr gehen. Der Verkäufer hatte das Gefühl, daß er sich nun ernsthaft in Gefahr befand. Als Burger zurück zum Tresen kam, wo er dem Verkäufer von Angesicht zu Angesicht gegenüberstand, war er amüsiert, wie sich dessen Gesicht verzerrte und seine Lippen zu beben begannen. Burger mußte grinsen, weil er wußte, daß er diesen Typen nicht erschießen würde, nur der Verkäufer wußte das halt nicht. Der war völlig am Ende. Während er sprach, stotterte er: „Was-s-s-s willst-t-t du sonst noch?"

Burger schaute hinter den Verkäufer und sah all die Flaschen mit Alk. „Gib mir eine kleine Flasche Bacardi. Die mit der rosa Kappe."

„Du wirst mich erschießen, wenn ich mich rumdrehe."

„Ich werde dich nicht erschießen. Fang nicht an, mir irgendwelche Ideen in den Kopf zu setzen." Burger winkte mit der Pistole, wie um zu sagen „Mach weiter, Mann, beweg dich, ich hab nicht den ganzen Tag Zeit".

Der Verkäufer drehte sich langsam um und sagte dabei die ganze Zeit: „Bitte oh bitte oh bitte lieber Gott..."

Burger griff mit seiner rechten Hand nach der Flasche. Als er sie einmal hatte, zog er sich aus Joe's Schnapsladen zurück. Der Verkäufer blieb regungslos. Draußen angekommen, bugsierte er die Flasche mit Alkohol in seine andere Hand. Er richtete die Pistole gen Himmel und feuerte. Burgers Gesicht leuchtete auf. Er war happy. Der Säufer neben dem Eingang grinste auch. Er hatte gesehen, wie Burger nach oben gezielt hatte und schoß. „Woowee!" sagte der Penner.

Super aufgelegt grinste Burger und antwortete: „Es ist eine Fälschung, aber sie schießt gut."

„Latürnich tut sie", brabbelte der Säufer. „Wie wär's mit ein bißchen Kleingeld?" Der Penner schepperte mit seiner Dose.

Burger ging zu ihm und gab ihm den Bacardi. Der Penner grinste. Seine Zähne sahen schrecklich aus, aber seine Augen glänzten. „Das wird reichen", sagte er.

Burger ging in Richtung Auto. Zunächst ließ er sich Zeit, aber dann wurde ihm klar, daß er besser einen Zahn zulegen sollte. Er stieg schnell

on. He got inside the car pretty quickly. The motor started. The pistol was in his lap. He looked over to the entrance of the store. The clerk was there with a shotgun. Burger reversed out of his spot and pulled right to the door. The man was standing there like an idiot. He needed an indication to let him know it was OK to shoot. Burger smiled at the clerk. This infuriated him. Burger looked to the floor and saw that the clerk had recovered the stolen bottle of Bacardi. Burger was wasting time. As he began to move his car the clerk took aim. Burger floored it. The clerk trailed him. Burger was watching to see when the man's firing point was in front of him. Burger hit the brakes and the clerk missed. Burger lifted the shitty six shooter from his lap and let the guy have it right in the nose. Burger felt good that he got him. He really couldn't believe that he did.

Burger pulled out into the street slowly so that he would not make any commotion. While driving out on the streets over to Don's house Burger saw cops speeding past him. Burger felt remorse—that poor clerk had no chance. His pride got the best of him. He simply was not gonna let someone get away with stealing a bottle of booze and a candy bar. It doesn't happen. Not in Joe's Liquor Store.

When Burger got to Don's he beeped the horn and then smashed into the side of Don's car. Don came running out quickly. At first he was pissed but when he saw Burger he didn't know how to respond. He knew the circumstances that Burger was under and the only thing to say was, "Hey, Burger, you OK?"

Burger looked restless, angry and blank. It was obvious he was not OK. Don didn't know what to say. Don, out of a need only to comfort himself, invited Burger in. Burger of course did not accept. Instead he lifted the black pistol out from his lap. He aimed it at Don. Don's hands immediately fast went up. "Hey now, Burger," he

ein. Der Motor startete. Die Waffe lag in seinem Schoß. Er schaute rüber zum Eingang des Ladens. Der Verkäufer stand dort mit einer Shotgun. Burger fuhr rückwärts aus seinem Parkplatz und zog genau in Richtung Eingang. Der Mann stand da wie ein Vollidiot. Er brauchte jemand, der ihm sagte, daß es okay war zu schießen. Burger grinste den Verkäufer an. Das machte diesen wütend. Burger sah auf den Boden und merkte, daß der Verkäufer die gestohlene Flasche Bacardi wieder an sich genommen hatte. Burger verlor wertvolle Zeit. Als er wegfahren wollte, legte der Verkäufer an. Burger gab Gas. Der Verkäufer folgte ihm mit dem Lauf. Burger beobachtete ihn, um zu sehen, wann sich die Schußlinie des Mannes direkt vor ihm befand. Burger trat auf die Bremse und der Verkäufer schoß daneben. Nun nahm Burger den beschissenen Sechs-Schüsser von seinem Schoß hoch und steckte ihn dem Typen direkt in die Nase. Burger fühlte sich stark, weil er ihn erwischt hatte. Er konnte kaum glauben, daß er es getan hatte.

Langsam fuhr Burger auf die Straße raus, so daß er keine Aufmerksamkeit erregte. Während der Fahrt rüber zu Dons Haus sah er hinter sich Polizeiwagen vorbeirasen. Burger hatte Gewissensbisse – der arme Verkäufer hatte keine Chance gehabt. Sein Stolz hatte ihn um das Beste gebracht. Er hatte einfach niemanden mit dem Diebstahl einer Flasche Bacardi und eines Schokoriegels davonkommen lassen können. Sowas gibt's nicht. Nicht in Joe's Schnapsladen.

Als Burger bei Don ankam, betätigte er die Hupe und donnerte in die linke Seite von Dons Wagen. Don kam schnell herausgerannt. Er war zunächst außer sich, aber als er Burger sah, wußte er nicht, was er sagen sollte. Er kannte die Umstände, unter denen Burger litt, und das einzige, was er herausbrachte, war: „Hey Burger, alles okay?"

Burger sah erschöpft, wütend und durcheinander aus. Es war offensichtlich, daß er nicht okay war. Don wußte nicht, was er sagen sollte. Nur um sich aus seiner eigenen Beklemmung zu befreien, lud er Burger ein, reinzukommen. Burger nahm das natürlich nicht an. Stattdessen nahm er die schwarze Pistole von seinem Schoß hoch. Er richtete sie auf Don. Dons Hände gingen sofort in die Höhe. „Hey, warte mal, Burger", sagte er. „Du weißt nicht, was du da tust."

said. "You don't know what you're doing."

The old wheel must have turned because the first shot didn't fire. Don took cover close up to the door where Burger was. Burger tilted the gun out of the window and fired again. It hit Don this time. Burger was sure it did. He could hear Don rubbing himself where the bullet went in.

"Burger," Don spoke softly but his voice was worthless. Burger fired another shot and now Don was quiet. The only sound that was familiar was the motor idling. Steadily Burger peeked his head out the car window. He saw Don, dead, slumped up against the car. Burger felt no remorse. He just opened the door quickly and then shut it so Don's dead body would fall away from the car and onto the street. Burger looked out the window again. He saw that Don's body was not far enough out, so that when he tried to back away from Don's smashed car he would possibly hit the corpse. Burger decided he would not back up. He cranked his wheels to the right and continued smashing Don's car. The sound of crunching metal brought a smile to Burger's face.

Finally he was out of there and driving. Every time he hit a bump the wheel would rub. After Burger felt he was in safe distance he stopped the car and examined the side. It had paint from Don's car all over it. Burger knew he was in big trouble. He got back into the car and headed to Mexico. The car's side lining kept scraping the road. This made Burger mad. He started to wonder if revenge was really worth it. He stopped the car again and tore off some of the trim. Before he could get back into the car and continue on, a squad car pulled up. Burger panicked and took cover behind the driver's door. He stayed there until he heard the cops coming. They had their flashlights out. Burger screamed, "Hold it right there. Don't come any further!"

The cops paused, looked at one another, and then went back for the 12 gauge.

Die alte Trommel mußte sich zurückgedreht haben, weil beim ersten Mal Abziehen kein Schuß fiel. Don ging in Deckung, nahe der Tür, hinter der Burger saß. Burger streckte die Pistole aus dem Fenster und feuerte erneut. Diesmal wurde Don getroffen. Burger war ganz sicher, daß er getroffen hatte. Er konnte hören, wie Don sich an die Stelle faßte, an der die Kugel in ihn eingedrungen war.

„Burger“, Don sprach leise, aber seine Worte blieben wertlos. Burger schoß ein zweites Mal und jetzt war Don still. Das einzige vertraute Geräusch war der Leerlauf des Motors. Langsam steckte Burger seinen Kopf aus dem Autofenster. Er sah Don, tot, zusammengesunken gegen das Auto lehnen. Burger fühlte keine Reue. Er öffnete nur schnell die Tür und schloß sie wieder, so daß Dons toter Körper vom Auto abglitt und auf die Straße fiel. Burger schaute noch einmal aus dem Fenster. Er sah, daß Dons Körper noch nicht weit genug weg war, so daß er, wenn er von Dons verknauschtem Wagen zurücksetzen würde, wahrscheinlich über den Körper fahren würde. Burger entschied sich, nicht rückwärts zu fahren. Statt dessen kurbelte er das Lenkrad nach rechts und fuhr mehrmals gegen Dons Wagen. Das Geräusch des krachenden Metalls brachte Burger zum Lachen.

Endlich war er frei und konnte fahren. Jedesmal wenn er über einen Hubbel fuhr, scherte das Lenkrad aus. Als er sich in sicherer Entfernung wähnte, hielt er das Auto an und untersuchte die Seite. Überall war Farbe von Dons Wagen. Burger wußte, daß er in großen Schwierigkeiten war. Er stieg wieder ins Auto und fuhr los in Richtung Mexiko. Eine Zierleiste schleifte dabei die ganze Zeit auf der Straße. Das machte Burger langsam verrückt. Er begann sich zu fragen, ob Rache es wirklich wert war. Er stoppte das Auto nach einiger Zeit erneut und riß einen Teil der Verkleidung ab. Bevor er wieder einsteigen und weiter konnte, hielt ein Streifenwagen an. Burger geriet in Panik und ging hinter der Fahrertür in Deckung. Er blieb dort, bis er die Cops kommen hörte. Sie hatten ihre Taschenlampen an. Burger schrie: „Bleibt genau dort stehen. Kommt nicht näher!“

Die Cops hielten inne, schauten einander an und gingen dann zurück zum Wagen, um die 12-Kaliber zu holen.

KING OF
BEER
VISA

Take My Word for It

I was in the most peaceful dream state when I was interrupted by the modern technology of a phone call. It was my brother. I answered with a harsh, "Hello?"

"Hey, Al. Sorry, did I wake you?"

Then my voice changed. "No, it's alright. I was just having a good dream. What's up?"

I had my left hand on the receiver and my right on my face feeling my whiskers, thinking to myself, "I should shave soon."

"What?" I asked, not understanding what he was asking 'cause I was contemplating shaving.

"Could you help with Mary's car? It broke down last night after work. I already towed it to the house. I was wondering if you could come look at it."

Then, feeling my whiskers with the back side of my hand, I answered, "I'll be over in a short while. Oh, hey, did she say how it died? Did it make any weird noises?"

"I didn't ask her. She's at the market right now. Do you want me to call you when she gets back?"

"No, it's alright. I'll be over in a while."

I hung the phone up and walked into the restroom. I urinated and then turned the hot and cold water on to rinse my face the same as I have always done in the past, except when I brought the water from my hands up to my face, I was splashing water on nothing. My goddamn face was gone. My heart stopped instantly. I could feel it there, but it was invisible. My whole head was gone. I felt my ears. They were there, but I could not see them. I rubbed the back of my head frantically. "Fuck this," I thought, "I'm hallucinating." I put a towel over my head.

Ich geb dir mein Wort

Ich war gerade in der allerfriedlichsten Traumphase, als ich durch die moderne Technik in Form eines Telefonanrufs abrupt unterbrochen wurde. Es war mein Bruder. Ich antwortete mit einem harschen „Hallo?"

„Hey, Al. Sorry, hab ich dich geweckt?"

Ich wechselte den Tonfall. „Nein, ist in Ordnung. Ich hatte nur gerade einen schönen Traum. Was ist los?"

Ich hatte den Hörer in der linken Hand, mit meiner rechten fuhr ich mir über die Bartstoppeln im Gesicht und dachte bei mir: „Ich sollte mich bald wieder rasieren."

„Was?" fragte ich, nachdem ich nicht verstanden hatte, was er gefragt hatte, weil ich in Gedanken schon beim Rasieren war.

„Könntest du uns mit Marys Wagen helfen? Er hat gestern nacht nach der Arbeit seinen Geist aufgegeben. Ich habe ihn schon nach Hause abgeschleppt. Ich wollte fragen, ob du ihn dir einmal ansehen könntest."

Während ich mir noch mit dem Handrücken über die Bartstoppeln fuhr, antwortete ich: „Ich bin gleich bei euch. Ach, hey, warte mal, hat sie gesagt, wie er ausgegangen ist? Hat er irgendwelche merkwürdigen Geräusche gemacht?"

„Ich habe sie nicht gefragt. Sie ist gerade auf dem Markt. Möchtest du, daß ich dich anrufe, wenn sie zurückkommt?"

„Nein, nicht nötig. Ich komme zu euch."

Ich hängte den Hörer auf und ging ins Badezimmer. Ich pinkelte und drehte dann das warme und kalte Wasser auf, um mein Gesicht wie immer mit Wasser zu befeuchten, nur daß ich diesmal, als ich meine Hände zum Gesicht führte, das Wasser ins Nichts spritzte. Mein verdammtes Gesicht war verschwunden. Mein Herz stoppte augenblicklich. Ich konnte mein Gesicht fühlen, aber es war unsichtbar. Mein ganzer Kopf war verschwunden. Ich tastete nach meinen Ohren. Sie waren da, aber ich konnte sie nicht sehen. Ich rieb mir wie ein Verrückter am Hinterkopf. „Fuck", dachte ich, „ich halluziniere."

It assumed the shape of my head. I ripped the towel away from my head. Invisible. Jesus Christ God, this isn't happening.

I went to the living room and looked at my reflection on the TV set. From the lower part of my neck up—invisible. I was getting confused and angry. I felt like someone was fucking with me. I clenched my right hand in a tight fist and socked myself in the eye, at least where I assumed my eye would be. It hurt. I hurried into the restroom to look at the eye I had just punched, and it started to appear slowly. So I socked myself in the other eye, but nothing happened.

I looked closely into the left eye. It was entirely visible now. I socked myself in the ear expecting it to appear. Entirely freaked I walked into the kitchen. Then back to the living room. I looked into the television. Still only one eye was visible. I ran to my room, took a giant leap to the center of my queen-size bed and flipped over so that I was on my back. I looked at the ceiling, trying to think rationally. The only thing I could think about to identify this with was that movie I saw when I was ten. Then I thought, "Who can I call? I'm not insane." So I went back to the mirror in the restroom and I pulled my hair. I shook my head and with one eye, I stared back to the phone. I dialed my brother's number.

My sister-in-law answered. "Hello."

"Hi. This is Al. Is Bill around?"

"Just a sec."

When Bill picked up the phone, the first thing he said was, "Hey, Al. Mary just got home. She said the car was not making any abnormal noise, that it just sort of died out."

I understood what he said, but at the same time, I was imagining myself going over to his house with nothing visible from my lower part of my neck up but my left eye.

I abruptly told him, "Bill, I'm not sure if I'll be able to make it over today. Let me call you back."

Ich warf mir ein Handtuch über den Kopf. Es formte die Umrisse meines Kopfes nach. Ich riß mir das Handtuch wieder vom Kopf. Unsichtbar. Jesus Christus nochmal, das ist nicht wahr.

Ich ging ins Wohnzimmer und betrachtete mein Spiegelbild auf dem Fernseher. Vom Halsansatz aufwärts – unsichtbar. Langsam wurde ich unruhig und wütend. Ich hatte das Gefühl, jemand wollte mich verarschen. Ich ballte meine rechte Hand zur Faust und schlug mir selbst aufs Auge, zumindest dorthin, wo ich mein Auge vermutete. Es tat weh. Ich eilte ins Badezimmer, um mir das Auge anzusehen, daß ich gerade getroffen hatte und es erschien langsam. Also schlug ich mir auch aufs andere Auge, aber nichts passierte.

Ich schaute mir tief ins linke Auge. Es war jetzt vollständig sichtbar. Ich schlug mir aufs Ohr, in der Hoffnung, daß es erscheinen würde. Völlig fassungslos lief ich in die Küche. Dann wieder zurück ins Wohnzimmer. Ich schaute erneut auf den Fernseher. Immer noch war nur ein Auge sichtbar. Ich rannte in mein Zimmer, warf mich mit einem riesigen Satz mitten auf mein französisches Doppelbett und drehte mich um, so daß ich auf meinem Rücken lag. Ich schaute an die Decke und versuchte vernünftig nachzudenken. Das einzige, was mir einfiel, was vergleichbar war, war dieser Film, den ich mit zehn gesehen hatte. Dann dachte ich: „Wen kann ich anrufen? Ich bin ja nicht krank." Also ging ich zurück zum Spiegel im Badezimmer und zog mir an den Haaren. Ich schüttelte meinen Kopf und mit einem Auge starrte ich zurück zum Telefon. Ich wählte die Nummer meines Bruders.

Meine Schwägerin ging dran. „Hallo."

„Hi, ich bin's, Al. Ist Bill da?"

„Eine Sekunde."

Als Bill ans Telefon kam, war das erste, was er sagte: „Hey, Al. Mary ist gerade nach Hause gekommen. Sie hat gesagt, daß der Wagen keine ungewöhnlichen Geräusche gemacht hätte, sondern einfach so ausgegangen wäre."

Ich hörte, was er sagte, aber zur selben Zeit stellte ich mir vor, wie ich zu ihm nach Hause ging, mit nichts Sichtbarem vom Halsansatz aufwärts, als meinem linken Auge.

Ich antwortete ihm brüsk: „Bill, ich weiß nicht, ob ich es heute noch schaffe rüberzukommen. Ich ruf dich zurück."

"Alright. No problem, Al."

I could tell my brother was confused, by the sound of his voice. I sat there at the kitchen table, trying to put my thoughts together. Alright, I'll wrap an Ace bandage around my head. Then the reality of it hit me. It's just like that fucking movie, only I'm not entirely invisible. I managed to get dressed despite my mental condition. When I picked out my clothes, I somehow managed to forget that I was invisible from my lower neck up. I picked out a blue turtleneck that was given to me last Christmas. I was all dressed, I went to a closet in the hallway to find the Ace bandage. Throwing stuff about, I came across a Coors tank top. I took off the turtleneck, replacing it with the tank top. At least this way, I could look down and see part of my chest. Right then, it hit me. Maybe Mary had just run out of gas.

I called Bill and told him to see if the car was out of gas and to call me back and let me know. I finally found the Ace bandage. I started to wrap it around my head. As soon as I was finished, the phone rang.

I answered it. "Bill?"

A computer voice came on. "Please do not hang up. I'm calling to help you save on long-distance rates."

I hung up and covered my neck up with the Ace bandage, leaving my left eye uncovered. Then I looked all over the house for some sunglasses. I finally found a pair that my grandfather had left in my car last year when I picked him up for the horse races. I put them on and said to myself, "I need something else so I don't look too conspicuous." I put on a cowboy hat. As I looked in the mirror I was just about to cry. An Ace bandage wrapped around my head all the way to the lower portion of my neck, old-man sunglasses that just about cover the entire face, and a foolish cowboy hat made out of straw.

The phone rang. Again I picked it up.

The first thing, "Hello, Al. It's Bill. Hey, I feel stupid. The car was just out of gas. Oh well, at least it was

„In Ordnung. Kein Problem, Al.“

Ich konnte an der Stimme meines Bruders hören, daß er verwirrt war. Ich saß am Küchentisch und versuchte, meine Gedanken zu sortieren. Okay, ich würde mir einen Mullverband um den Kopf wickeln. Was das bedeutete, traf mich wie ein Schlag. Es war genau wie in diesem abgefuckten Film, nur, daß ich nicht völlig unsichtbar war. Ich schaffte es, mich trotz meiner geistigen Verfassung anzuziehen. Während ich meine Klamotten raussuchte, gelang es mir irgendwie zu vergessen, daß ich vom Halsansatz aufwärts unsichtbar war. Ich entschied mich für einen blauen Rollkragenpullover, den ich letztes Jahr zu Weihnachten bekommen hatte. Als ich fertig angezogen war, ging ich zu einem Wandschrank im Flur, um Mullbinde zu suchen. Während ich darin wühlte, kam mir ein Trägershirt in die Finger. Ich zog den Rollkragenpullover aus und zog statt dessen das Trägershirt an. Wenigstens konnte ich so runterschauen und einen Teil meiner Brust sehen. Plötzlich fiel mir etwas ein. Vielleicht war Mary einfach nur das Benzin ausgegangen.

Ich rief Bill an und sagte ihm, er solle nachsehen, ob das Benzin ausgegangen wäre und daß er mich zurückrufen solle, um mir Bescheid zu geben. Schließlich fand ich die Mullbinde. Ich fing an, sie um meinen Kopf zu wickeln. Gerade als ich fertig war, klingelte das Telefon.

Ich nahm ab. „Bill?“

Eine Computerstimme war dran. „Bitte hängen sie nicht auf. Ich rufe Sie an, damit sie bei Ferngesprächen noch mehr sparen können.“

Ich legte auf, umwickelte Hals und Kopf mit der Mullbinde und ließ nur mein linkes Auge frei. Dann suchte ich im ganzen Haus nach einer Sonnenbrille. Schließlich fand ich eine, die mein Großvater letztes Jahr bei mir im Wagen vergessen hatte, als ich ihn zum Pferderennen abgeholt hatte. Ich setzte sie auf und zu mir selber gewandt sagte ich: „Ich brauche noch etwas, damit ich nicht zu sehr auffalle.“ Ich zog einen Cowboyhut auf. Als ich in den Spiegel schaute hätte ich heulen können. Einen Mullverband um meinen Kopf bis zum Halsansatz, eine Alt-Männer-Sonnenbrille, die fast das ganze Gesicht verdeckte, und ein idiotischer Cowboyhut aus Stroh.

Das Telefon klingelte. Wieder nahm ich ab.

Und sofort: „Hallo, Al. Ich bin’s, Bill. Hey, ich komm mir blöd vor.

nothing major."

The phone slipped from my hand. I bent down to pick it up, and I saw my reflection in the shiny chrome from the stove.

"Hello, Bill. I just dropped the phone."

"Hello, I'm still here."

"Hey, Bill, you're a lot older than me. I have to ask you something. Do you know if Mom or Dad messed around with hallucinogenics around the time I was born?"

"No, Al, not at all. At least from what I know. Why do you ask?"

"Oh, nothing. I was just wondering."

And at that moment I felt so sad and alone, like I was insane and not from this world. I drifted off then. Bill's voice pierced in my ear.

"Al, I asked you if you would like to come over for dinner."

"Oh, no. No thank you."

Then, trying to make myself sound casual, "I've got a lot of shit to do. Well, I'm glad Mary's car is alright."

"OK, I'll see you, Al."

"Alright, talk to you later, Bill."

I hung up. I felt like he could see me through the phone and was wondering why I had all the goofy shit on. I sat there on the kitchen floor, picturing myself on *Eye Witness News* or *CNN Special Report*: Man from Los Angeles partially invisible—news at 11. Then, without thinking, I picked up the phone and dialed. A computer answered.

"At the tone, the time will be 12:20 exactly."

I hung the phone up and dialed information.

"What city, please?"

"Los Angeles on La Cienega."

"Yes?"

"Oh, Blockbuster Video."

I stood up and opened a drawer for a pen and paper. I wrote down a number. I hung up and dialed.

Der Wagen hatte einfach nur kein Benzin mehr. Na ja, wenigstens war's nichts Größeres."

Der Hörer rutschte mir aus den Händen. Ich beugte mich runter, um ihn aufzuheben, und sah mein Spiegelbild im polierten Chrom des Herdes.

„Hallo, Bill. Der Hörer ist mir hingefallen."

„Hallo, ich bin noch dran."

„Hey, Bill, du bist doch einiges älter als ich. Ich muß dich was fragen. Weißt du, ob Ma und Dad zu der Zeit, als ich geboren wurde, mit Halluzinogenen rumgepfuscht haben?"

„Nein, Al, auf gar keinen Fall. Soviel mir jedenfalls bekannt ist. Warum willst du das wissen?"

„Ach, nichts. Ich habe mich nur was gefragt."

In diesem Moment fühlte ich mich so einsam und traurig, als ob ich unheilbar krank wäre und nicht von dieser Welt käme. Meine Gedanken schweiften ab. Bills Stimme bohrte sich in mein Ohr.

„Al, ich habe gefragt, ob du zum Essen rüberkommen möchtest."

„Äh, nein. Nein danke."

Dann, um mir nichts anmerken zu lassen: „Ich habe eine Menge zu erledigen. Aber ich bin froh, daß Marys Wagen in Ordnung ist."

„Okay, wir sehen uns, Al."

„In Ordnung, bis später, Bill."

Ich legte auf. Es kam mir vor, als ob er mich durch das Telefon hatte sehen können und sich wunderte, warum ich das ganze alberne Zeug aufhatte. Ich saß dort auf dem Küchenboden und sah mich schon in den Nachrichten: Mann aus Los Angeles teilweise unsichtbar – die Nachrichten um elf. Dann nahm ich, ohne weiter nachzudenken, das Telefon und wählte. Ein Computer meldete sich.

„Beim nächsten Ton ist es genau zwölf Uhr und zwanzig Minuten."

Ich drückte die Gabel runter und rief die Auskunft an.

„Welche Stadt, bitte?"

„Los Angeles auf La Cienga."

„Ja, und?"

„Äh, Blockbuster Video."

Ich stand auf, öffnete eine Schublade und griff nach Stift und Papier. Ich notierte mir die Nummer. Ich drückte die Gabel und wählte.

"Hello, Blockbuster La Cienega store, how can I help you?"

"Yeah, I was wondering, do you deliver videos?

"No, I'm sorry, we don't."

"Oh, one more thing. Do you have *The Invisible Man?*"

"The TV series, the original movie, or the remake?"

"Uh, any of those would be fine."

"Well, the original movie is checked out, but we have the remake and the TV series available."

"OK, thank you."

I hung up. Now, driving down there should be no big deal. I'd just get in my car, drive down there, check it out and come home. I grabbed my keys and wallet from the coffee table in the living room. I opened the front door and at first expected it to be sunny, but I forgot I had the sunglasses on. As I was walking to my car, I noticed the neighbors across the street were staring. I waved and as I did, I thought, "This outfit will now confirm their beliefs that I am a weird one." On the drive there, at traffic lights, when pedestrians would cross, they'd watch me. I'd just smile and wave, but it only seemed to bring more attention to myself. So, by the time I got to Blockbuster, when someone would look at me, I'd flip out, and they'd turn their head as though they hadn't noticed me at all.

I parked the car and got out, slamming my door, totally pissed 'cause it felt like the bandage might be unraveling. I fixed it, though, and walked in behind the counter where there were three people: an older lady who was busy with a customer, a younger man with a goatee, and a younger girl who I figured was probably the girl I'd talked to.

I walked up to her and said, "I just called a while ago asking about *The Invisible Man*. Are you the one I talked to?"

She looked up from what she was doing, and when she saw my head and facial gear, she burst out laughing, and then, covering her mouth to hide her smile, she said, "I'll show you where it's at."

I was not upset at all. I didn't mind this girl laughing at

„Hallo, Blockbuster La Cienga-Laden, was kann ich für Sie tun?"

„Hallo, ich wollte fragen, ob Ihr auch Videos liefert?"

„Nein, tut mir leid, das tun wir nicht."

„Äh, noch etwas. Habt ihr *Der Unsichtbare*?"

„Die Fernsehserie, das Original oder das Remake?"

„Hm, eigentlich kämen alle in Frage."

„Gut, das Original ist ausgeliehen, aber wir haben das Remake und die Fernsehserie noch da."

„Okay, vielen Dank."

Ich legte auf. Nun, jetzt dort hinzufahren, sollte kein großes Problem sein. Ich würde einfach in mein Auto steigen, hinfahren, es ausleihen und wieder nach Hause kommen. Ich schnappte mir meinen Schlüsselbund und meine Brieftasche vom Wohnzimmertisch. Ich öffnete die Haustür und hatte zunächst erwartet, daß es sonnig sein würde, aber ich hatte vergessen, daß ich eine Sonnenbrille trug. Während ich zu meinem Auto ging, bemerkte ich, daß die Nachbarn von gegenüber glotzten. Ich winkte und dachte unterdessen: „Dieser Aufzug wird sie vollends überzeugen, daß ich verrückt bin." Auf der Hinfahrt schauten die Fußgänger, wenn ich an Ampeln hielt, beim Überqueren der Straße nach mir. Ich grinste einfach nur und winkte, aber das schien nur noch mehr Aufmerksamkeit auf mich zu lenken. Bis ich bei Blockbuster ankam, flippte ich jedesmal, wenn jemand mich anschaute, völlig aus, so daß sie sich abwandten und taten, als ob sie mich überhaupt nicht gesehen hätten.

Ich parkte das Auto und stieg aus, knallte die Tür zu, total genervt, weil der Verband sich zu lösen schien. Ich versuchte deshalb, ihn wieder zu befestigen und ging rein, direkt zum Tresen, wo drei Leute arbeiteten: eine ältere Dame, die sich um einen Kunden kümmerte, ein junger Mann mit Ziegenbart und ein junges Mädchen, das wahrscheinlich das Mädchen war, mit dem ich gesprochen hatte.

Ich ging zu ihr hin und sagte: „Ich habe vorhin angerufen und habe nach *Der Unsichtbare* gefragt. Habe ich mit dir gesprochen?"

Sie schaute von ihrer Arbeit auf, und als sie meinen Kopf und meine Maskerade sah, brach sie in Lachen aus, und während sie die Hände vor den Mund hielt, um ihr Grinsen zu verbergen, sagte sie: „Ich zeige dir, wo es steht."

me. That's what I was thinking as I followed her through the video store. She was good-looking, and the way she walked, I could follow her from here to China.

"The TV series are in this section." She tapped the top of a shelf. "But the remake of the original is in the horror section. You'll find it somewhere over here. All the movies are in alphabetical order."

"Alright. OK. Thank you."

I watched her as she walked away. She smiled. I smiled, but there was no way she could tell.

I found it. I took it to the front. I went to her aisle and there was a lady with a small kid before me. The kid was looking over her mother's shoulder at me. I waved. The kid buried her head in her mother's hair.

I felt like a freak when it was my turn.

She asked, "Could I see your card?"

"I don't have one."

Then she handed me an application. "Fill this out and bring it back to me when you're finished."

So I filled out the application, and when I came back, she said, "I need to see a driver's license and two major credit cards."

I pulled what she asked for out, only when I handed her my driver's license, she smiled and said, "How can I be sure this is you?"

"Well, you'll just have to take my word for it."

She gave me my Blockbuster card, license and credit cards back.

"OK, sign here. It's due on Wednesday."

As I went around to pick up the video on the other side, she asked, "What happened to you?"

I replied calm and cool, "Oh, just sprained a few face muscles."

She laughed. Then, as I was walking back to my car, I said to myself, "If my head ever reappears, I'm gonna have to come back and ask that girl out."

Ich nahm das Ganze gelassen. Mir machte es überhaupt nichts aus, daß dieses Mädchen mich auslachte. Das dachte ich, als ich ihr durch die Videothek folgte. Sie sah gut aus und bei der Art, wie sie ging, wäre ich ihr bis nach China gefolgt.

„Die Fernsehserien sind in dieser Abteilung." Sie tippte auf ein Regal. „Aber das Remake ist in der Horrorabteilung. Du wirst es irgendwo hier drüben finden. Alle Filme sind in alphabetischer Reihenfolge."

„Okay. In Ordnung. Danke."

Ich guckte ihr nach, als sie davonging. Sie lächelte. Ich lächelte auch, aber das konnte sie nicht wissen.

Ich fand es. Ich nahm es mit nach vorn. Ich ging an ihre Kasse, vor mir war eine Frau mit einem kleinen Kind dran. Das Kind sah mich über die Schulter seiner Mutter an. Ich winkte. Das Kind vergrub seinen Kopf in den Haaren der Mutter.

Ich kam mir vor wie ein Freak, als ich dran war.

Sie fragte: „Kann ich deine Karte sehen?"

„Ich habe keine."

Daraufhin gab sie mir einen Anmeldebogen. „Füll das aus und bring es mir zurück, wenn du fertig bist."

Also füllte ich den Anmeldebogen aus, und als ich zurück kam, sagte sie: „Ich brauche den Führerschein und zwei große Kreditkarten."

Ich zeigte ihr, was sie sehen wollte, aber als ich ihr meinen Führerschein gab, lächelte sie und sagte: „Wie kann ich sicher sein, daß du das bist?"

„Nun, es muß dir genügen, daß ich dir mein Wort gebe."

Sie gab mir die Blockbuster-Karte, Führerschein und Kreditkarten zurück.

„Okay, unterschreib hier. Es ist am Mittwoch fällig."

Als ich weiterging, um das Video auf der anderen Seite entgegenzunehmen, fragte sie: „Was ist mit dir passiert?"

Ich antwortete ruhig und cool: „Och, ich habe mir bloß ein paar Gesichtsmuskeln gezerrt."

Sie lachte. Als ich dann zurück zu meinem Auto ging, sagte ich zu mir selber: „Falls mein Kopf jemals wieder auftaucht, muß ich zurückkommen und das Mädchen fragen, ob sie mit mir ausgehen will."

DADY I NEED HELP WITH THIS ONE HE'S HURT HE'S A GOOD GUY
BLOW UP PUNCHER

End Over End

I ordered two eggs over-easy, hash browns, coffee and an English muffin. Wait, let me start from the beginning. At first, I was stuck around the outside, unsure where the entrance of the restaurant was. Finally, I found it. I waited to be seated. It was crowded with lots of people. I sat at the counter. It didn't bother me that much as long as they were quick with my food.

I was drinking my coffee and watching the people while waiting for my food. The guy seated to my left was eating like a pig. I swear to God I thought I had bad eating habits, but this guy was slurping his food down in one hell of a hurry. I was trying not to look, but at the same time I couldn't help myself from glancing over. He had a small piece of yellow yolk hanging from his mustache. Each time he took a sip of his coffee, I imagined that the yellow egg yolk would vanish, but it didn't, it just stayed there. Plus, the seats there at the counter weren't that far apart.

Sometimes you wish you just had a hidden camera,'cause no matter how much you describe something in detail, it's usually never as good. I mean, you can never describe something picture perfect, you always leave something out.

I sipped at my coffee. I tried to sneak another look at the man. When I did, he was looking right at me, and he looked mean as hell. The look on his face gave off the expression of, "What in the fuck are you looking at?" I was scared, but I had to be honest. I brushed my upper lip with my finger to signal to the man that he had some food hanging off his mustache. He nodded his head a "thank you" gesture and cleared the yellow yolk with a rag from his back pocket.

Ende ohne Ende

Ich bestellte zwei Spiegeleier, leicht überbraten, Bratkartoffeln, Kaffee und ein English Muffin. Stopp, laß mich von Anfang an erzählen. Zunächst steckte ich draußen fest, weil ich nicht wußte, wo der Eingang des Restaurants war. Endlich fand ich ihn. Ich mußte warten, bis mir ein Platz zugewiesen wurde. Es war überfüllt und voller Menschen. Ich mußte am Tresen sitzen. Mir machte das nichts aus, solange sie sich mit meinem Essen beeilten.

Während ich auf mein Essen wartete, trank ich Kaffee und sah mir die Leute an. Der Typ, der links neben mir saß, aß wie ein Schwein. Ich schwöre bei Gott, ich dachte, ich hätte schlechte Eßmanieren, aber dieser Typ schlang sein Essen in einem atemberaubenden Tempo hinunter. Ich versuchte nicht hinzugucken, aber ich konnte einfach nicht anders, als immer wieder rüberzublinzeln. Er hatte ein Stückchen Eigelb an seinem Schnäuzer hängen. Jedesmal, wenn er einen Schluck Kaffee trank, hoffte ich, daß das Eigelb verschwinden würde, aber das tat es nicht, es blieb einfach dort. Dazu kam, daß die Sitze am Tresen nicht allzuweit voneinander entfernt waren.

Manchmal wäre man froh, man hätte eine versteckte Kamera, weil egal wie gut man etwas in allen Details beschreibt, es wird niemals genauso gut. Ich meine, du kannst ein Bild nicht perfekt beschreiben, irgendwas vergißt du immer.

Ich nippte an meinem Kaffee. Ich versuchte, einen weiteren verstohlenen Blick auf den Mann zu werfen. Als ich das tat, schaute er mir direkt ins Gesicht, und er sah unglaublich gemein aus. Der Ausdruck auf seinem Gesicht sagte in etwa: „Warum zum Teufel guckst du so?“ Ich hatte Schiß, aber ich mußte ehrlich sein. Ich strich mir mit dem Finger über die Oberlippe, um dem Mann zu signalisieren, daß er Essensreste an seinem Schnäuzer hängen hatte. Er nickte mit seinem Kopf für ein „Dankeschön“ und wischte das Eigelb mit einem Stoffetzen aus seiner Gesäßtasche weg.

I waited for my food. It was taking a long time. I finished two cups of coffee. Finally, I asked the waiter what the holdup was. "Sorry sir. We're really busy." I sat waiting and looking out the front windows. An odd feeling came over me. The sun was too bright. The people all seemed too happy. I was watching them all. Most were completely content talking, eating, drinking, just enjoying a beautiful Saturday afternoon. I knew that something drastically wrong was about to go down.

I looked out the windows of the restaurant. I watched the cars going by. It was a very clear and sunny day. A brown truck pulled to a stop across the road from the restaurant. There were three men inside. They all were looking over in the direction of the restaurant. Two got out and started walking over. The brown truck drove off. My first thought was, "These guys are gonna rob this joint."

I tried to convince myself that I was just getting paranoid. I looked over to see if that man, the one that was eating like a pig, was still there. He was gone. Holy shit, I was gonna piss my pants. "He's probably in the toilet. He's probably working with these guys. He'll probably come out of the bathroom with a gun drawn and mask on," that's what I was thinking. Then my food came. It looked good. So I decided to give up on the paranoia.

I opened the A1 sauce and poured that good-tasting stuff all over my eggs and hash browns. I clasped my left hand around my knife and my right around my fork. I was just about to dig in when out of nowhere, a loud obnoxious voice said, "OK, nobody fuckin' move, this is a stick-up." I wanted to chuck something at myself for not following my instincts. I knew something was going down. I could have just gotten right up out of my seat when I saw those two get out of that truck and walked right out of this restaurant – but no, I had to tell myself that I was just being paranoid, and now look where I am.

Ich wartete immer noch auf mein Essen. Es dauerte ziemlich lange. Ich hatte schon zwei Tassen Kaffee getrunken. Schließlich fragte ich den Kellner, warum es sich so hinauszögerte. „Es tut mir leid, Sir, wir haben viel zu tun." Ich saß da, wartete und schaute aus dem Fenster. Ein merkwürdiges Gefühl bemächtigte sich meiner. Die Sonne war zu hell. Die Leute schienen alle zu fröhlich zu sein. Ich schaute sie mir an. Die meisten unterhielten sich sichtlich zufrieden, aßen, tranken, genossen einfach den schönen Samstagnachmittag. Ich wußte, daß irgendwas Dramatisches schiefgehen würde.

Ich schaute wieder aus dem Fenster des Restaurants. Ich sah den vorbeifahrenden Autos nach. Es war ein klarer und sonniger Tag. Ein brauner Pick-up hielt gegenüber dem Resturant, auf der anderen Straßenseite. Drei Männer saßen darin. Sie schauten alle in Richtung des Restaurants. Zwei stiegen aus und kamen rüber. Der braune Pick-up fuhr weg. Mein erster Gedanke war: „Diese Typen wollen den Laden ausrauben."

Ich versuchte, mich davon zu überzeugen, daß ich paranoid wäre. Ich schaute rüber, um zu sehen, ob der Mann – der, der wie ein Schwein aß – immer noch da war. Er war weg. Heilige Scheiße, ich machte mir in die Hose. „Er ist bestimmt auf der Toilette. Er arbeitet bestimmt mit diesen Typen. Bestimmt kommt er mit Maske und gezogener Pistole aus dem Klo", so in etwa dachte ich. Dann kam mein Essen. Es sah gut aus. Also beschloß ich, meine Paranoia aufzugeben.

Ich öffnete die Barbecue-Soße und schüttete das leckere Zeugs über meine Spiegeleier und Bratkartoffeln. Ich umschloß mit meiner linken Hand das Messer und mit der rechten die Gabel. Ich wollte gerade reinhauen, als aus dem Nichts eine laute unangenehme Stimme rief: „Okay, keiner von euch Fuckern rührt sich, das ist ein Überfall." Ich hätte mich ohrfeigen können, daß ich nicht auf meinen Instinkt gehört hatte. Ich hatte geahnt, daß etwas schiefgehen würde. Ich hätte einfach aufstehen können, als ich die beiden aus dem Pick-up aussteigen sah, und geradewegs aus dem Restaurant gehen können – aber nein, ich mußte mir sagen, daß ich paranoid wäre, und jetzt schau dir an, wo ich drinstecke.

„Alle runter auf den Boden!"

"Everybody get on the floor!"

Everybody was quick to get to the floor. I looked over to where the two men were. One was ordering the cooks out of the kitchen. They both had nylon masks on.

"Is it cool if I keep my food?" I asked one of them.

"Get your ass on the ground. You wanna get shot?"

I picked up my plate of eggs and hash browns and brought them down to the floor with me. I laid there on my belly eating, while the two gunmen went around collecting money. They got to me. They must have been pissed, 'cause one of them kicked me in the ass.

"Auh," I said. "Hey man, be cool. That hurt."

"Stop eating."

"Alright," I said. "I was just about done anyway."

"Give us your wallet."

"I don't have one."

"Then give us your money."

I sat upright and reached into my pocket. I pulled out a five. "Here," I said. I must have made them sick or else they felt sorry for me, 'cause they didn't take it. I watched the old man seated on my other side. He was shaking. The old guy was shuddering. He took out his wallet. He had a nice-looking watch, too.

The man that was eating like a pig came out of the toilet. He had a gun drawn.

"Just hold it right there, you two. Don't move."

One of the men took off running. The other was left with his hands up.

"Don't you think about it."

The robber dropped the sack of money and began to run. Boom, boom, boom! Three shots. My head was ducked after the shots. I was back up and checking out what was happening. The dude with the mustache, the messy eater, was a fuckin' good shot. He hit the guy in his right shoulder, left thigh, and right calf. He flashed his

Jeder beeilte sich, auf den Boden zu kommen. Ich schaute zu den beiden Männern rüber. Der eine trieb die Köche aus der Küche raus. Beide trugen Nylonmasken.

„Ist es okay, wenn ich mein Essen behalte?“ fragte ich einen der beiden.

„Beweg deinen Arsch auf den Boden. Willst du, daß ich dich abknalle?“

Ich griff nach meinen Teller mit den Eiern und den Bratkartoffeln und nahm ihn mit auf den Boden. Ich lag dort auf dem Bauch und aß, während die beiden Revolverhelden rumgingen und das Geld einkassierten. Dann kamen sie zu mir. Sie müssen ein wenig angepißt gewesen sein, da mich einer von ihnen in den Hintern trat.

„Aua“, sagte ich. „Hey Mann, bleib cool. Das tut weh.“

„Hör auf zu essen.“

„In Ordnung“, sagte ich. „Ich war sowieso gerade fertig.“

„Gib uns dein Portemonnaie.“

„Ich habe keins.“

„Dann gib uns dein Geld.“

Ich setzte mich aufrecht hin und griff in meine Hosentasche. Ich holte einen Fünfer raus. „Hier“, sagte ich. Ich muß sie wohl ganz krank gemacht haben oder sie hatten Mitleid mit mir, denn sie haben es nicht genommen. Ich sah nach dem alten Mann, der auf der anderen Seite neben mir gesessen hatte. Er zitterte. Der alte Kerl war am Beben. Er zog sein Portemonnaie heraus. Er hatte auch eine schöne Uhr.

Der Mann, der wie ein Schwein gegessen hatte, kam von der Toilette. Er hatte eine Pistole in der Hand.

„Bleibt ganz ruhig da drüben, ihr beiden. Bewegt euch nicht.“

Einem der Männer gelang es wegzurennen. Der andere blieb da, mit seinen Händen in der Luft.

„Denk nicht einmal dran.“

Der andere Räuber ließ den Sack mit dem Geld fallen und begann auch zu rennen. Boom, boom, boom! Drei Schüsse. Ich hatte meinen Kopf bei den Schüssen geduckt. Der Kerl mit dem Schnäuzer, der katastrophale Esser, war ein verdammt guter Schütze. Er hatte den Typen in die rechte Schulter, den linken Oberschenkel und die rechte Wade getroffen. Er zeigte einem Angestellten seine Marke. „Rufen

badge to an employee. "Dial 911," he said, "and tell them an officer needs assistance."

I was still low. A lot of the other people were starting to get up. Some were starting to crowd around the wounded robber. "Holy shit, these sons of bitches are nuts," I thought. Oh, no.... Boom, boom, boom, boom! My head was down for a second time. I was protecting myself. I kept my head down a little longer this time and kept both my arms up by my ears. When the shooting was finished, I looked up. The cop was shot in the head and chest. It was disgusting. I couldn't believe it. My God, I was just watching this man not longer than five minutes ago eating, drinking, moving. Holy shit, now he's dead.

An eerie feeling went through my whole body. The robbers took off. I felt weak. I was feeling like I needed to vomit. They had come back and shot the cop and gotten their friend. They got the sack of money, too. I told the police everything. I told them that the man who had been killed was a good guy. I told them the robbers were in a brown pickup truck. I told them that one of the robbers was injured: right shoulder, left thigh, right calf.

"Do you think you can describe what the men looked like?" one policeman asked me.

"No," I said. "They all had on masks. Everything happened so fast."

Mitchell Brawn always wanted to be a good father to his son. He was considered a noble man to the public. Well, most of the public would think him noble, but not all. His job was a complicated one. At night, it was difficult for him to sleep. Most of the sleeplessness was related to his work.

Mitchell Brawn was married, now just recently separated. His wife and kid, Aldo, lived in a pretty decent-sized

Sie 911", sagte er, „und sagen Sie, daß ich Verstärkung brauche."

Ich war immer noch auf dem Boden. Viele von den anderen Leuten fingen an aufzustehen. Einige stellten sich um den verwundeten Räuber. „Heilige Scheiße, diese Hurensöhne sind wahnsinnig", dachte ich. Oh, nein... Boom, boom, boom, boom! Mein Kopf war zum zweiten Mal unten. Ich schützte ihn mit den Händen. Dieses Mal ließ ich ihn ein wenig länger unten und behielt auch beide Arme an meine Ohren gepreßt. Als die Schießerei vorüber war, schaute ich hoch. Der Cop war im Kopf und der Brust getroffen worden. Es war schrecklich. Ich konnte es nicht fassen. Mein Gott, ich hatte den Mann vor nicht einmal fünf Minuten beim Essen, Trinken und Leben beobachtet. Heilige Scheiße, und jetzt war er tot.

Ein schauderliches Gefühl ging durch meinen ganzen Körper. Die Räuber machten sich aus dem Staub. Ich fühlte mich schwach. Ich fühlte mich, als ob ich kotzen müßte. Sie waren zurückgekommen, hatten den Cop erschossen und ihren Freund mitgenommen. Den Sack mit dem Geld haben sie auch mitgenommen. Ich erzählte alles der Polizei. Ich sagte ihnen, daß der Mann, der erschossen worden war, ein guter Kerl gewesen sei. Ich sagte ihnen, daß die Räuber in einem braunen Pick-up gekommen waren. Ich sagte ihnen, daß einer der Räuber verletzt war: rechte Schulter, linker Oberschenkel, rechte Wade.

„Könnten Sie uns beschreiben, wie die Männer aussahen?" fragte mich einer der Polizisten.

„Nein", sagte ich. „Sie hatten alle Masken auf. Alles ist so schnell gegangen."

Mitchell Brawn wollte seinem Sohn stets ein guter Vater sein. Er galt anderen als ehrenhafter Mann. Nun, die meisten hielten ihn für ehrenhaft, nicht alle. Sein Job war sehr kompliziert. Nachts konnte er oft nicht schlafen. Seine Schlaflosigkeit hing sehr eng mit seiner Arbeit zusammen.

Mitchell Brown war verheiratet, allerdings auch gerade wieder geschieden. Seine Frau und sein Sohn, Aldo, lebten in einem netten geräumigen Haus, das sein Job ermöglicht hatte. Es ist nicht so schwer

house that his job helped pay for. Just so you know what kind of work it was that made it hard for him to sleep.

Little Aldo was running through the yard yelling, "Pow, pow! You're dead!" He threw his toys around, pretending them to be bad guys. Aldo's father watched as he played. Aldo was fascinating to his dad. He carried a rubber blow-up toy in his arms over to his father. "I need help with this one, daddy. He's a good guy. He's hurt."

Aldo's dad played along with him. "What happened to him, son?"

"He got hurt. He's been shot. One of the bad guys got 'im."

"Oh no," Aldo's dad said. "We should make sure he gets to the emergency room in time."

Aldo threw the plastic toy down on the floor and stomped his foot. "There's not enough time. He's gonna die." Aldo started to cry. His dad picked him up and held him in his arms.

"It's OK, son. He's gonna be fine."

"No, he's dead."

Aldo's dad was frightened by how real it seemed to little Aldo. "That's enough good guys, bad guys for today. Let's go inside and get your things together. Your mom called this morning, and I have to have you back early."

Aldo was only visiting his dad. He threw himself on the floor and began to kick and scream. His dad wasn't sure what to do. "Come on, now, Aldo. Don't be like this. You have a big birthday party to go to at your aunt Rebecca's. It's for your cousin Chris. Let's go. Now come on and stand up!"

Aldo stopped kicking, and his screaming was reduced to mumbling under his breath, "I don't wanna go."

"But you've gotta go."

After a few minutes, Aldo decided to give in and went inside his dad's house to get his things together. His father

sich vorzustellen, was für eine Art Arbeit es war, die es ihm so schwer machte zu schlafen.

Der kleine Aldo rannte durch den Garten und schrie: „Peng, peng! Du bist tot!“ Er warf seine Puppen um, und stellte sich vor, sie wären die Bösen. Aldos Vater sah ihm beim Spielen zu. Aldo war für seinen Dad etwas Besonderes. Er hielt eine aufblasbare Puppe in den Armen und schleppte sie zu seinem Vater. „Daddy, ich brauche Hilfe mit ihm hier. Er ist einer von den Guten. Er ist verletzt.“

Aldos Dad spielte das Spiel mit. „Was ist mit ihm passiert, mein Sohn?“

„Er ist verwundet. Er ist angeschossen worden. Einer von den Bösen hat ihn erwischt.“

„Oh nein“, sagte Aldos Dad. „Wir sorgen besser dafür, daß er schnell ins Krankenhaus kommt.“

Aldo warf die Gummipuppe auf den Boden und stampfte mit dem Fuß auf. „Wir haben nicht genügend Zeit. Er wird sterben.“ Aldo fing an zu weinen. Sein Dad holte ihn zu sich rüber und nahm ihn in den Arm.

„Alles in Ordnung, Sohn. Er wird sich wieder erholen.“

„Nein, er ist tot.“

Aldos Dad war erschrocken darüber, wie real das alles auf den kleinen Aldo wirkte. „Genug Gut gegen Böse für heute. Laß uns reingehen und deine Sachen zusammensuchen. Deine Ma hat heute morgen angerufen, und ich möchte dich schnell wiederhaben.“

Aldo war nur zu Besuch bei seinem Dad. Er warf sich auf den Boden und fing an zu schreien und um sich zu treten. Sein Dad war sich nicht sicher, was er tun sollte. „Hör jetzt auf, Aldo. Sei nicht so. Du gehst zu einer riesigen Geburtstagsparty bei deiner Tante Rebecca. Von deinem Cousin Chris. Laß uns gehen. Jetzt komm schon und steh auf!“

Aldo hörte auf, um sich zu treten, und sein Schreien minimierte sich zu einem atemlosen Murmeln. „Ich will aber nicht gehen.“

„Du wirst aber gehen.“

Nach ein paar Minuten beschloß Aldo nachzugeben und ging ins Haus seines Dads, um seine Sachen zusammenzupacken. Sein Vater

helped him as he put clothes into his yellow Big Bird overnight sack. "Don't forget your robot." Aldo's dad held out the small robot for him to take hold of. Aldo was still a little mad. He snatched the robot from his father's hands. Aldo's dad got mad and told him never to grab things that way. Aldo stayed quiet. After a short while, Aldo had his things together, then he and his father got in the car and drove over to his mother's house. Aldo was sad, so the ride was mostly quiet.

His dad tried cheering him up by suggesting places they could go on his next visit. Aldo continued to stare out the window and not say anything. His father dreaded dropping Aldo off. They drove down the street that Aldo and his mother lived on. Aldo's dad pulled the car to the curbside a few houses away from Aldo's. Aldo remained quiet and kept his head turned away from his father. His dad asked, "Are you gonna behave like a big boy at your aunt Rebecca's house?" Aldo didn't answer. His dad didn't know how to change Aldo's mood. Then suddenly, it hit him.

"Aldo," he said in a surprised voice. Aldo turned his head around slowly to see what his dad wanted. "You wanna see something important?" Aldo shrugged his shoulders. His dad pulled out his wallet and flipped it open so that his bright gold police badge was showing. Aldo looked at it, and suddenly the gloomy look vanished from his face. Aldo asked, "What is it?"

"It's an official good-guy badge." Aldo put out his hand to touch it. His dad pointed to the name on the badge. "See this here?" Aldo kept looking at its shininess.

"Yeah?"

"That's mine and your name. It's our family name." Aldo asked to hold it. His dad handed the wallet to Aldo. Aldo looked at it and looked at it and could hardly take his eyes off of it. "When you get older, if you can abide by all the rules and do what you're told, you will someday

half ihm dabei, die Kleider in seinen gelben Bibo-Rucksack zu stopfen. „Vergiß deinen Roboter nicht.“ Aldos Dad hielt ihm den kleinen Roboter hin, um ihn einzupacken. Aldo war immer noch ein wenig aufgedreht. Er riß seinem Vater den Roboter förmlich aus den Händen. Das machte Aldos Dad wütend, und er schimpfte mit ihm, niemals jemandem Dinge einfach so aus der Hand zu reißen. Aldo sagte dazu nichts. Nach einer Weile hatte Aldo seine Sachen gepackt, und er und sein Vater stiegen ins Auto und fuhren zum Haus seiner Mutter. Aldo war traurig, so daß es eine sehr ruhige Fahrt war.

Sein Dad versuchte ihn damit aufzumuntern, daß er ihm Vorschläge machte, wo sie bei seinem nächsten Besuch hingehen könnten. Aldo starrte weiter zum Fenster hinaus und sagte nichts dazu. Sein Vater haßte es Aldo abzuliefern. Sie waren bereits in der Straße, in der Aldo und seine Mutter wohnten. Aldos Dad fuhr den Wagen ein paar Häuser vorher an den Straßenrand. Aldo blieb still und behielt seinen Kopf von seinem Vater abgekehrt. Sein Dad fragte ihn: „Wirst du dich bei Tante Rebecca wie ein großer Junge benehmen?“ Aldo antwortete nicht. Und sein Dad wußte nicht, wie er Aldos Laune verbessern sollte. Da hatte er plötzlich eine Idee.

„Aldo“, sagte er mit überraschter Stimme. Aldo drehte seinen Kopf langsam herum, um zu sehen, was sein Dad wollte. „Möchtest du etwas Wichtiges sehen?“ Aldo zuckte mit den Schultern. Sein Dad zog sein Portemonnaie heraus und klappte es auf, so daß seine leuchtend goldene Polizeimarke zu sehen war. Aldo schaute sie sich an, und plötzlich verschwand der mürrische Ausdruck auf seinem Gesicht. Aldo fragte: „Was ist das?“

„Das ist das offizielle Abzeichen der Guten.“ Aldo streckte seine Hand aus, um sie anzufassen. Sein Dad deutete auf den Namen, der auf der Marke stand. „Siehst du das hier?“ Aldo war fasziniert von ihrem Glanz.

„Jaah?“

„Das ist mein und dein Name. Unser Familienname.“ Aldo fragte, ob er sie halten dürfte. Sein Dad reichte ihm das Portemonnaie. Aldo schaute sie sich an und schaute sie sich an und konnte nur schwer die Augen davon lassen. „Wenn du älter bist, alle Regeln befolgst und

have an official good-guy badge like your father."

Aldo smiled. He loved his dad. The two were enjoying a short, quiet moment when a knock on the car window interrupted them. It was Aldo's mom. The window came down automatically. "Hey, what are you two doing in there?" Aldo smiled at his mother then looked over to his father. Aldo's dad made a "Shhh…' sound.

"That's boy's business," he whispered. Aldo smiled even bigger, then hugged his father.

"Are you all ready for Chris' birthday party?" Aldo's mom asked.

"Yes," Aldo answered.

Aldo's mother and father normally didn't speak to each other face-to-face, but this time some words were exchanged. "Can you believe Chris is gonna be 12?" Aldo's mother said to his father. "It's incredible. It seems as though he was just turning one a month ago. Boy, time flies."

"Yes, time flies…"

Aldo's dad suggested maybe Aldo take a nap at Rebecca's, but Aldo protested, saying, "I don't need to nap, dad, I'm a big boy."

As Aldo and his mother walked away from the car to the house, his dad watched. If it wasn't Aldo fussing about being dropped off, then it was him sad to have to see his son go. Aldo and his mom waved to Mitchell as he drove off. He wanted to invite himself to the party over at Rebecca's but he knew he was gonna have to start distancing himself from his wife's family.

He looked in the rear-view mirror and watched as the house got smaller and smaller. As he drove on, he switched on the radio. It was tuned in to News 98. There was news about Zaire on. He switched the channel to FM. There was music. It was The Kinks. That song "All Day and All of the Night" was playing. He remembered playing that song repeatedly back when he was courting Aldo's mother. He

tust, was dir gesagt wird, wirst du auch eines Tages das offizielle Guten-Abzeichen haben, wie dein Vater."

Aldo strahlte. Er liebte seinen Dad. Die beiden genossen den kurzen, ruhigen Moment, bevor sie ein Pochen am Autofenster unterbrach. Es war Aldos Mutter. Das Fenster öffnete sich automatisch. „Hey, was macht ihr beiden da drinnen?" Aldo strahlte seine Mutter an, dann schaute er rüber zu seinem Vater. Aldos Dad machte „Psst..."

„Das ist nur was für große Jungs", flüsterte er. Aldos Strahlen wurde noch größer, dann umarmte er seinen Vater.

„Bist du fertig für Chris' Geburtstagsparty?" fragte Aldos Ma.

„Ja", antwortete Aldo.

Aldos Mutter und Vater sprachen normalerweise nicht von Angesicht zu Angesicht miteinander, aber dieses Mal wechselten sie ein paar Worte. „Kannst du glauben, daß Chris schon zwölf wird?" sagte Aldos Mutter zu seinem Vater. „Es ist unglaublich. Es kommt mir vor, als ob es erst einen Monat her ist, daß er ein Jahr alt geworden ist. Junge, Junge, wie die Zeit vergeht."

„Ja, wie die Zeit vergeht..."

Aldos Dad schlug vor, daß Aldo vielleicht einen Mittagsschlaf machte bei Rebecca, aber der protestierte und sagte: „Ich brauche keinen Mittagsschlaf, Dad, ich bin ein großer Junge."

Als Aldo mit seiner Mutter vom Wagen weg zum Haus ging, schaute sein Dad ihnen nach. Wenn es nicht Aldo gewesen wäre, der soviel Aufhebens um das Wegbringen gemacht hatte, wäre er es, der traurig wär, zusehen zu müssen, wie sein Sohn wegging. Aldo und seine Ma winkten Mitchell, als er davonfuhr. Er hätte sich gerne selbst zu der Party bei Rebecca eingeladen, aber er wußte, daß er anfangen mußte, Abstand von der Familie seiner Frau zu nehmen.

Er schaute in den Rückspiegel und sah zu, wie das Haus kleiner und kleiner wurde. Beim Weiterfahren machte er das Radio an. Es war auf einen Nachrichtensender eingestellt. Sie brachten Neuigkeiten über Zaire. Er schaltete um auf Mittelwelle. Dort spielte Musik. Die Kinks. Es war das Lied „All Day and All of the Night". Es erinnerte ihn daran, wie er dieses Lied ununterbrochen gehört hatte, damals, als er Aldos Mutter den Hof gemacht hat. Er schaltete das Radio aus. Als er an

switched the radio off. When he was stopped at a traffic light, he examined himself in the mirror. The person behind him honked. He looked away from the mirror and realized that the light was green. He drove on. When he spotted a diner, he thought, "Eating would be a good idea."

He pulled into the parking lot. He got out of his car and entered the restaurant. It was pretty crowded. After all, it was a Saturday afternoon. He didn't wait to be seated. He just sat at the counter. A seat over from an old guy. He ordered his food—eggs sunny side up, sausage, biscuits and coffee. When his food came, he hadn't realized how hungry he was. He ate in a rush. Then he felt eyes on him. He looked over. A young man had just sat down beside him. Now eating seemed uncomfortable.

He could feel the young man's eyes on him. He looked up from his plate of food and over to the young man. The young man turned his head to pretend he wasn't watching. Mitchell took a sip of his coffee. It was good and rich. "Probably Colombian," that's what he was thinking when he set his coffee cup back down.

He looked over in the young man's direction to see if he was still staring. The young man brushed his upper lip. Mitchell took this as a sign that he had food stuck to his mustache, so he reached into his back pocket and pulled out a hanky to clean it off. A strange feeling went through his bones. He didn't know how or why, but this young man in some way resembled his son, Aldo.

He then realized that he wished he had invited himself over to Rebecca's. He got up from his seat to use the phone. He hesitated at first, but then dialed the number. He was afraid they might have already left. He knew he was right when no one answered. He hung up the phone and began to return to his seat.

einer Ampel anhalten mußte, betrachtete er sich im Spiegel. Der Fahrer hinter ihm hupte. Er riß sich vom Spiegel los und merkte, daß es Grün war. Er fuhr weiter. Als er ein Restaurant erblickte, dachte er: „Etwas essen wäre keine schlechte Idee."

Er fuhr auf den Parkplatz. Er stieg aus dem Auto und betrat das Restaurant. Es war ziemlich voll. Aber schließlich war es Samstagnachmittag. Er wartete nicht darauf, daß ihm ein Platz zugewiesen wurde. Er setzte sich einfach an den Tresen. Zwei Plätze entfernt von einem älteren Herrn. Er bestellte sein Mittagessen – Spiegeleier, mit der richtigen Seite nach oben, Wurst, Kekse und Kaffee. Als sein Essen kam, merkte er erst, wie hungrig er gewesen war. Er aß hastig. Dann spürte er, wie er beobachtet wurde. Er schaute rüber. Ein junger Mann hatte sich gerade neben ihn gesetzt. Es wurde jetzt ein wenig ungemütlich.

Er konnte die Augen des jungen Mannes auf sich spüren. Er blickte von seinem Teller auf, rüber zu dem jungen Mann. Der junge Mann drehte seinen Kopf weg und tat so, als ob er nicht gucken würde. Mitchell nahm einen Schluck von seinem Kaffee. Er war stark und schwarz. „Wahrscheinlich kolumbianisch", dachte er, als er seine Kaffeetasse wieder absetzte.

Er schaute erneut in die Richtung des jungen Mannes, um zu sehen, ob dieser immer noch herüberstarrte. Der junge Mann fuhr sich über die Oberlippe. Mitchell deutete dies als ein Zeichen, daß er Essensreste am Schnäuzer hängen hatte, also griff er in seine Gesäßtasche und zog ein Tuch heraus, um sie wegzuwischen. Ein komisches Gefühl bemächtigte sich seiner. Er wußte nicht inwiefern oder warum, aber dieser junge Mann erinnerte ihn irgendwie an seinen Sohn, Aldo.

Es wurde ihm plötzlich klar, wie gerne er sich selbst zu Rebecca eingeladen hätte. Er stand von seinem Platz auf, um zu telefonieren. Er zögerte zunächst, wählte dann aber doch die Nummer. Er befürchtete, daß sie schon weg wären. Er wußte, daß dem so war, als niemand abhob. Er hängte den Hörer auf und ging wieder zurück zu seinem Platz.

AS FREE AS I CAN BE

The Carnation Stone of Westminster Abbey

My parents named me Tammie and boy did I have troubles in school with a name like that. All my friends and most of my family members call me Tam. I'm 24 years old and what I enjoy most in life is riding my skateboard and snowboarding even though last time I went snowboarding I almost killed myself. I went boarding up in Tahoe with some of my friends and slammed into a tree. I got knocked out and probably would have frozen to death if a skier hadn't spotted me. Good thing for my bright yellow Bad Boy jacket.

My dad's name is James. He was an only child, and his mother, my grandma, was a tough lady so he named me after her. It doesn't bother me that much, but you would at least think he could have called me something like Jack, John, Mike, or Mac and saved Tammie for my middle name. But no. Just Tammie Whiteside with no middle name. My parents went out to Jackson Hole, Wyoming for a ski trip and I had to stay home and suffer 'cause I'm out of work and according to them I'm a bum. But I'm no fucking bum. In my heart I feel like a winner when I'm charging down a steep hill at full speed, in and out of control and dodging trees. I know I ain't no goddamn bum. Excuse me for taking the Lord's name in vain. I just get so upset 'cause they can't see me for who I am or for what I love.

They, my mom and dad, had planned this ski trip months in advance and they gave me the chance to join them if I got a job or showed some sort of effort towards accomplishing something. Well, the only thing I accomplished was dreaming of blazing down the Grand Tetons.

Der Krönungsstein von Westminster Abbey

Meine Eltern nannten mich Tammie und, Junge, hatte ich in der Schule Probleme mit so einem Namen. Alle meine Freunde und der größte Teil meiner Familie rufen mich Tam. Ich bin 24 Jahre alt und was mir am meisten Spaß macht im Leben, ist Skateboard fahren und Snowboarding, obwohl ich mich das letzte Mal, als ich Snowboarden war, beinah selber umgebracht hätte. Ich bin mit ein paar Freunden hoch nach Tahoe zum Snowboarden gefahren und bin gegen einen Baum gerast. Ich bin ohnmächtig geworden und wäre wahrscheinlich erfroren, wenn ich nicht einem Skifahrer aufgefallen wäre. Ein Vorteil meiner knallgelben Bad-Boy-Jacke.

Mein Dad heißt James. Er war ein Einzelkind, und seine Mutter, meine Großmutter, war eine bemerkenswerte Frau, also hat er mich nach ihr genannt. Es macht mir nicht soviel aus, aber man hätte wenigstens erwarten können, daß er mir einen Namen wie Jack, John, Mike oder Mac gibt und Tammie als meinen Zweitnamen aufspart. Aber nein. Einfach nur Tammie Whiteside, ohne Zweitnamen. Meine Eltern waren weg, nach Jackson Hole, Wyoming in Skiurlaub und ich mußte zu Hause bleiben und schmoren, weil ich keinen Job habe und ich ihnen nach ein Penner bin. Ich bin aber kein abgefuckter Penner. Im Herzen fühle ich mich wie ein Sieger, wenn ich einen steilen Hang mit vollem Speed hinunterstürme, alles unter und außer Kontrolle, während ich Bäume umkurve. Ich weiß, daß ich kein verdammter Penner bin. Entschuldige, daß ich den Namen Gottes strapaziere. Ich bin einfach so enttäuscht, daß sie nicht sehen können, wer ich bin und was ich liebe.

Die beiden, meine Ma und mein Dad, haben diesen Skiurlaub Monate im voraus geplant und haben mir die Chance gegeben, mitzukommen, wenn ich einen Job finden oder mehr Einsatz zeigen würde, etwas auf die Beine zu stellen. Nun, das einzige, was ich auf die Beine gestellt habe, war, davon zu träumen, den Grand Teton

I started on trading and selling old skate and snow stuff to get new gear for Jackson. I've got brand new Burton boots and tons of other things, but after the fourth week until departure, and I still had no job, my dad cancelled my ticket. That was a big no-no in my book 'cause now I'm pissed. I got all this new gear but I ain't going nowhere. Ain't that a bitch?

Well, the next week, a week before they were leaving, I placed an ad in the newspaper which said there would be a gigantic moving sale at 1303 Slam Valley Dr. That's our home address. At first I was nervous 'cause my dad reads the paper from back to front. I planned it out perfect. See, on Friday they would leave, and after they did leave and were good and gone I would get busy making signs which would notify any and all people that would come across them that there would be a gigantic moving sale. "Everything must go" is what I put on the signs. On Friday night after they left I put them up all over our town. The next morning early at 7:00 AM I opened the garage and started moving things out. Mostly the light things that I could carry by myself, like my father's computer and my mother's Persian rugs. I even laid out my snowboard and my new Burton boots. "Everything's got to go." One man came by in a pickup truck. He asked if I had any dresser drawers for sale.

"Sure," I said. "They're inside the house. If you'll give me a hand moving some of the heavier stuff out I'll cut you a deal."

"OK," the man said. I emptied my parents' things and moved a large majority of the furniture out onto the front lawn and driveway. I was excited. Most of the things were kept in such good condition I was sure that I would have no trouble selling them. The man that helped me move most of the stuff ended up buying quite a lot. He bought my mom and dad's king size bed, he bought the

runterzuschießen. Ich fing an, mit altem Skate- und Snowzubehör zu handeln und es zu verkaufen, um neues Zeug für Jackson zu besorgen. Ich habe mir neue Burton Boots geholt und tonnenweise andere Sachen, aber nachdem ich auch zwei Wochen vor ihrer Abreise noch keinen Job hatte, hat mein Dad meinen Flug storniert. Das war zuviel für mich, jetzt war ich richtig sauer. Ich hatte all dieses neue Zeug und würde trotzdem nirgendwo hinfahren. Ist das nicht bitchy?

Nun, die folgende Woche, eine Woche bevor sie losfuhren, gab ich eine Anzeige in der Zeitung auf, die ankündigte, daß es einen gigantischen Räumungsverkauf im Slam Valley Drive 1303 geben würde. Das war unsere Adresse. Am Anfang war ich etwas nervös, weil mein Dad die Zeitung immer von vorne bis hinten liest. Ich hatte es perfekt geplant. Und zwar würden sie am Freitag losfahren, und sobald sie weg wären und auf und davon, würde ich loslegen und Schilder machen, die allen, aber auch wirklich allen Leuten, die vorbeikämen, anzeigen würden, daß hier ein gigantischer Räumungsverkauf sei. „Alles muß raus" schrieb ich auf die Schilder. Freitag nacht, nachdem sie weg waren, stellte ich sie überall im Ort auf. Am nächsten Morgen öffnete ich pünktlich um 7 Uhr die Garage und fing an, Sachen rauszustellen. Hauptsächlich die leichteren Sachen, die ich alleine tragen konnte, wie den Computer meines Vaters und die Perserteppiche meiner Mutter. Ich legte sogar mein Snowboard und meine neuen Burton Boots aus. „Alles muß raus." Ein Mann in einem Pick-up kam vorbei. Er fragte, ob ich irgendwelche Schubladenschränke zu verkaufen hätte.

„Klar", sagte ich. „Die sind drinnen. Wenn Sie mir helfen, ein paar von den schwereren Sachen rauszustellen, mache ich Ihnen einen guten Preis."

„Okay", sagte der Mann. Ich räumte das Zeug meiner Eltern aus und brachte einen Großteil der Möbel in den Vorgarten und auf die Einfahrt. Ich war zufrieden. Die meisten der Sachen waren in solch einem guten Zustand, daß ich sicher war, keine Probleme damit zu haben, sie zu verkaufen. Der Mann, der mir geholfen hatte, einen Großteil des Zeugs rauszuschleppen, kaufte am Ende ziemlich viel. Er kaufte das riesige Ehebett meiner Eltern, er kaufte Schubladen-

dresser drawers from the guest room, he bought the microwave. I asked if he had any kids that skated or snowboarded. He said no and then asked why.

"'Cause I got some good shit for pretty cheap."

"Oh yeah, yeah?"

I said, "Check it out." The guy was a pretty funny guy. He stood on top of a blank deck and took the position of getting tubed. After he was gone a couple other customers came. It's funny 'cause I wasn't really interested in making money, but by noon I had already sold more than three thousand dollars worth of shit. Not too much to complain about, although I would rather have been up in Wyoming with Ma and Pa.

Well, Tam's parents had had a good flight and a good night. It was now the next morning early. His mom was in the kitchen preparing breakfast, his dad in the shower. After the shower his dad sat at the kitchen table and began to drink his coffee. While cooking the eggs, Tam's mom looked over to Tam's dad. "I brought Friday's paper for you to read. I saw it left on the lawn, so I picked it up."

"Oh, thank you," Tam's dad said as he sipped his coffee. "But this is vacation time. There's nothing I need to read."

"Well, if you feel like a read, it's on the barstool."

"OK."

"I'm really starting to worry about Tam," Tam's mom said.

"There's nothing to worry about," Tam's dad said. "He's under a lot of pressure right now. He has to realize soon that he's gonna need to buckle down and join the work force. He can't always play, and maybe us leaving him behind on this trip will teach him a lesson." Tam's mom listened to Tam's dad going on about how he himself at

schränke aus dem Gästezimmer, er kaufte die Mikrowelle. Ich fragte ihn, ob er Kids hätte, die skaten würden oder snowboarden. Er sagte nein und fragte dann warum.

„Weil ich hier Spitzenware für wenig Geld habe."

„Ach ja, wirklich?"

Ich sagte: „Schauen Sie sich's an." Der Typ war ziemlich lustig. Er stand auf einem Deck ohne Räder und tat so, als ob er wellenreiten würde. Nachdem er weg war, kamen noch ein paar andere Leute. Es war komisch, weil eigentlich war ich gar nicht so daran interessiert, Geld zu verdienen, aber gegen Mittag hatte ich schon Scheiß für mehr als dreitausend Dollar verkauft. Darüber konnte ich mich wirklich nicht beklagen, obwohl ich eigentlich lieber mit Ma und Pa oben in Wyoming gewesen wäre.

Nun, Tams Eltern hatten einen guten Flug und eine gute erste Nacht gehabt. Es war jetzt frühmorgens am nächsten Tag. Seine Ma machte in der Küche Frühstück, sein Dad duschte. Nach dem Duschen setzte sein Dad sich an den Küchentisch und trank seinen Kaffee. Während sie Spiegeleier machte, drehte sich Tams Ma zu Tams Dad um. „Ich habe die Zeitung vom Freitag für dich mitgebracht. Sie lag noch im Vorgarten, also habe ich sie mitgenommen."

„Oh, danke", sagte Tams Dad während er an seinem Kaffee nippte. „Aber jetzt sind Ferien. Es gibt nichts, was ich lesen müßte."

„Na ja, falls du Lust hast zu lesen, sie ist auf dem Barhocker."

„Okay."

„Ich fange wirklich an, mir Sorgen um Tam zu machen", fuhr Tams Ma fort.

„Du brauchst dir keine Sorgen zu machen", sagte Tams Dad. „Er steht im Moment ziemlich unter Druck. Er wird einsehen müssen, daß er sich unterordnen und in die arbeitende Bevölkerung eingliedern muß. Er kann nicht sein ganzes Leben lang herumspielen, und vielleicht wird es ihm ja eine Lehre sein, daß wir ihn nicht mitgenommen haben." Tams Ma hörte Tams Dad schweigend zu, als dieser fort-

Tam's age was confused and unsure of what he wanted to do in life. "It's just a phase that every young man goes through. Soon he'll realize that hobbies must be set aside."

Tam's mom interrupted. "I guess I wouldn't be so worried if he only had some kind of idea of what he'd like to do or some kind of work interests."

Tam's dad got up from the coffee table and went to the barstool where Friday's paper was. He picked it up and opened it to the classified section. "There must be some kind of job offering in here that would suit Tam." He sat back down at the table.

Tam's mom said, "That's why I'm worried. He took no effort in looking despite your telling him that the trip was only possible provided he shows interest in finding a job."

Tam's dad checked the job offerings. He paused and lowered the paper. "If only he took an interest in computers. Almost every job listed here asks that you have computer knowledge." The food was just about ready. Tam's dad began to put the paper aside but before he did he saw a bold headline that said, "Gigantic moving sale." He probably would have thought nothing of it had he not recognized his home address. Tam's mom set the plates of food down at the table. Tam's dad read it over again, again, and again. It was their address alright, only they hadn't planned on having any moving sale.

"Hey, sweetheart, right here in the paper in the classified section it says we're having a moving sale at our house today, Saturday the 4th. Can you believe that?" Tam's mom poured orange juice for the both of them.

"No, no," she said. "They must have made an error." Tam's mom seated herself and began to eat.

Tam's dad did not touch his food. His eyes stayed focused on the paper. A worried look came over his face. "You don't suppose Tam would have a moving sale while we were gone, do you?"

fuhr zu erzählen, wie durcheinander er selbst in Tams Alter gewesen sei und nicht gewußt habe, was er werden wolle. „Es ist bloß eine Phase, durch die jeder junge Mann durch muß. Er wird schon noch merken, daß man Hobbys an einem bestimmten Punkt beiseite legen muß."

Tams Ma unterbrach ihn. „Ich glaube, ich wäre nicht so besorgt, wenn er nur irgendeine Vorstellung davon hätte, was er gerne machen würde oder welche Arbeit ihn interessiert."

Tams Dad stand vom Küchentisch auf und ging zum Barhocker, wo die Freitagszeitung lag. Er nahm sie sich und schlug den Anzeigenteil auf. „Es muß doch irgendein Stellenangebot geben, daß zu Tam paßt." Er setzte sich wieder zurück an den Tisch.

Tams Ma sagte: „Das ist ja genau, weshalb ich mir Sorgen mache. Er hat keine Anstalten gemacht zu suchen, trotz deiner Drohung, daß er die Reise nur mitmacht, wenn er sich bemüht, einen Job zu finden."

Tams Dad studierte die Stellenanzeigen. Er hielt inne und ließ die Zeitung sinken. „Wenn er nur wenigstens Interesse an Computern hätte. Fast jeder Job, der hier ausgeschrieben ist, erfordert Computerkenntnisse." Das Essen war fast fertig. Tams Dad wollte die Zeitung gerade zur Seite legen, als er eine fette Schlagzeile erblickte, die sagte: „Gigantischer Räumungsverkauf." Er hätte sich wahrscheinlich nichts dabei gedacht, hätte er nicht seine Adresse darunter wiedererkannt. Tams Ma stellte die vollen Teller auf den Tisch. Tams Dad las es noch einmal, noch einmal, noch einmal. Es war ihre Adresse, völlig klar, nur daß sie keinen Räumungsverkauf geplant hatten.

„Hey, Liebling, hier in der Zeitung im Anzeigenteil steht, daß wir heute, am Samstag den 4., in unserem Haus einen Räumungsverkauf haben. Kannst du dir das vorstellen?" Tams Ma goß für beide Orangensaft ein.

„Ach, nein", sagte sie. „Sie müssen einen Fehler gemacht haben." Tams Ma setzte sich und begann zu essen.

Tams Dad rührte sein Essen nicht an. Seine Augen blieben gebannt auf der Zeitung. Er machte eine besorgte Mine. „Du könntest dir nicht vorstellen, daß Tam einen Räumungsverkauf macht, während wir weg sind, oder?"

Tam's mom, without a second thought, continued to eat. "No, of course not," she said. "Tammie wouldn't do a thing like that. They must have made a mistake on the address. Besides, aren't the Livingstons up the block moving?"

Tam's dad took a drink of his coffee. "Of course. The Livingstons are probably the ones having the moving sale." Tam's dad ate and sat, but inside his gut feelings were contrary. He knew that the Livingstons' home had not yet sold, so he still feared that maybe Tam was still up to monkey business. In fact, after breakfast he was planning on calling Mr. and Mrs. Oswalt. They lived across the street from them. He was planning on calling them to see if everything seemed to be OK at his home. Well, after breakfast one thing led to another and he didn't end up calling till mid afternoon from the slopes.

It was Mr. Oswalt who answered when Tam's dad inuired if everything seemed OK across the street. Mr. Oswalt said, "I was a few seconds away from trying to contact you and your wife."

"Oh really?" Tam's dad said.

"Yes," Mr. Oswalt continued. "It seems as though your son has gone mad. He's been selling all of you and your wife's things." Tam's dad was surprised, upset, and full of rage. His first thought after hanging up with Mr. Oswalt was to take a plane flight home immediately, but it hit him that he would not get home soon enough. So he telephoned the police and explained what was going on. The police said they would send some officers over at once.

When the officers arrived, Tam was in the middle of selling a Belgian waffle maker to a short fellow that looked like Robin Williams. Before getting the cash, Tam saw the police and bolted. He ran through the front doors, locked them, and ran out the back. The two policemen walked up to the man which was left standing with the waffle maker in his hand.

Ohne weiter nachzudenken, fuhr Tams Ma damit fort zu essen. „Nein, natürlich nicht", sagte sie. „Tammie würde sowas nicht machen. Sie müssen bei der Adresse einen Fehler gemacht haben. Abgesehen davon, ziehen nicht die Livingstones einen Block weiter gerade um?"

Tams Dad nahm einen Schluck von seinem Kaffee. „Natürlich. Wahrscheinlich sind es die Livingstones, die einen Räumungsverkauf haben." Tams Dad aß und blieb sitzen, aber sein inneres Gefühl sagte ihm etwas Gegenteiliges. Er wußte, daß das Haus der Livingstones noch nicht verkauft war, dementsprechend befürchtete er, daß Tam vielleicht doch vom wilden Affen gebissen war. In Wahrheit nahm er sich vor, nach dem Frühstück bei Mr. und Mrs. Oswalt anzurufen. Sie wohnten ihnen gegenüber auf der anderen Straßenseite. Er nahm sich vor, sie anzurufen, um festzustellen, ob mit ihrem Haus alles in Ordnung war. Nun, nach dem Frühstück, kam eins zum anderen und er schaffte es nicht, sie vor dem späten Nachmittag von der Piste aus anzurufen.

Mr. Oswalt ging ans Telefon, als Tams Dad sich erkundigte, ob auf der gegenüberliegenden Straßenseite alles okay zu sein schien. Mr. Oswalt sagte: „Ich war kurz davor zu versuchen, Sie und Ihre Frau anzurufen."

„Ach, wirklich?" sagte Tams Dad erstaunt.

„Ja", fuhr Mr. Oswalt fort. „Es sieht so aus, als ob Ihr Sohn verrückt spielt. Er verkauft all Ihre Sachen." Tams Dad war überrascht, entsetzt und wütend. Sein erster Gedanke, nachdem er das Gespräch mit Mr. Oswalt beendet hatte, war, sofort nach Hause zu fliegen, doch es wurde ihm schnell klar, daß er nicht mehr rechtzeitig kommen würde. Also rief er die Polizei an und versuchte zu erklären, was vor sich ging. Die Polizei wollte auf der Stelle einen Streifenwagen schicken.

Als die Beamten ankamen, war Tam gerade mitten im Verkauf eines belgischen Waffeleisens an einen kleinen Kerl, der aussah wie Robin Williams. Bevor er das Geld kassieren konnte, sah Tam die Polizisten und türmte. Er rannte in den Vordereingang, schloß ab und verschwand hinten herum. Die zwei Polizisten gingen auf den Mann zu, der zurückgeblieben war und mit dem Waffeleisen in der Hand dastand.

The police asked, "Which way did he go?"

"Is he in the garage?" one of the cops demanded.

"No," the man said. "He went into the house through the front door." A cop went up and rang the doorbell while his partner looked around at all the things scattered about. No one answered the door. They asked the short guy a few questions like, "What did the man that was selling the stuff look like?"

"Well," the man said. "He had kinda long hair, he was wearing a bright yellow T-shirt, dark brown cords, and seemed to be real relaxed. That was, until you guys showed up. Then he just took off running."

The cops thanked the man. The man said, "No problem. Is it OK if I keep the waffle maker?"

One of the cops asked, "Did you already pay for it?"

"Yeah."

"Then it's yours." The two policemen got into their cop car to search the neighbourhood for Tam. After they left, the short man snuck up to the front door of Tam's house and dropped twenty bucks into the mailbox. That was the price that Tam had agreed on. The police made their rounds until dark looking for a young man with medium length hair wearing a yellow tee and brown pants. They came up with nothing. Tam was quick and good at hiding. By dark, Tam was clear across town. He contemplated returning home to put the rest of the stuff that he didn't get a chance to sell back in the house, but he thought it might be too risky. It started to get cold out, and when he took off he hadn't had time to think of grabbing a sweater. He shoved his hands into his pockets for some warmth. It was then that it hit him he was loaded. He pulled out the fat wad of money.

Normally he wasn't used to having money. Normally money hardly concerned him, but now after his gigantic moving sale he was doing OK. He decided to get himself

Die Polizisten fragten: „Wo lang ist er gelaufen?"

„Ist er in der Garage?" hakte einer der Cops nach.

„Nein", sagte der Mann. „Er ist durch die Vordertür ins Haus gelaufen." Einer der Cops ging hin und klingelte an der Haustür, während sein Partner sich all die Sachen anschaute, die völlig verstreut herumlagen. Niemand machte die Tür auf. Sie stelltem dem kleinen Typen ein paar Fragen, wie etwa: „Wie sah der Mann aus, der das Zeug verkauft hat?"

„Na ja", sagte der Mann. „Er hatte halt lange Haare, er trug ein knallgelbes T-Shirt, dunkelbraune Kordhosen, und schien ziemlich relaxed zu sein. Bis ihr Jungs hier aufgetaucht seid. Dann ist er plötzlich weggerannt."

Die Cops bedankten sich bei dem Mann. Der erwiderte: „Kein Problem. Ist es okay, wenn ich das Waffeleisen behalte?"

Einer der Cops fragte ihn daraufhin: „Haben Sie schon dafür bezahlt?"

„Jeah."

„Dann gehört es Ihnen." Die beiden Polizisten stiegen in ihren Streifenwagen, um die Nachbarschaft nach Tam abzusuchen. Nachdem sie weg waren, schlich sich der kleine Mann zur Vordertür von Tams Haus und warf zwanzig Dollar in den Briefkasten. Das war der Preis, auf den er sich mit Tam geeinigt hatte. Die Polizisten drehten bis Anbruch der Dunkelheit ihre Runden, Ausschau haltend nach einem jungen Mann mit mittellangen Haaren, gelbem T-Shirt und braunen Hosen. Die Suche blieb erfolglos. Tam war schnell und gut im Verstecken. Als es dunkel war, war Tam längst in einem anderen Stadtteil. Er überlegte, ob er nach Hause zurückkehren sollte, um das übriggebliebene Zeug, das sich nicht verkaufen ließ, wieder ins Haus zu schaffen, aber er hielt das für zu riskant. Es wurde draußen langsam kalt, und als er abgehauen war, hatte er keine Zeit gehabt, daran zu denken, einen Sweater mitzunehmen. Er steckte seine Hände in die Hosentaschen, um sie zu wärmen. Plötzlich fiel ihm ein, daß er bei Kasse war. Er zog ein dickes Bündel mit Geldscheinen heraus.

Normalerweise war er es nicht gewohnt, Geld zu haben. Normalerweise interessierte Geld ihn recht wenig, aber nach seinem gigantischen Räumungsverkauf fühlte er sich okay. Er beschloß, sich einen

a sweater. He was on 7th Ave and Broadway in downtown LA. He walked into a large department store and asked a lady where the men's clothes were. "Downstairs." On his way downstairs he was followed by a store narc, but he didn't notice. He didn't notice things like that.

Now in the men's clothing section, he found a sweater that looked warm and suited his style. He took it up to a register. The lady that was working was good looking. She wore tons of makeup and had a friendly smile. "Is this going to be it for you today, sir?"

"That's gonna be it," Tam said.

"Will it be cash or charge?"

"Cash," Tam said. "Would it be OK if I wear it out?"

"Sure. I'll clip the tags off for you. Make sure to hold on to your receipt, OK?"

"OK," Tam said while paying for the new sweater. He thanked the lady. It looked nice on him. It was navy blue. The collar from the yellow shirt seemed to match well.

"You look nice," the lady told him.

"Thanks again," Tam said. He walked through the department store and out the front doors. When he got outside the wind was blowing. The sound of the cars was loud. Their lights were bright. It was a beautiful night—a perfect night for a young man to start a new life.

Sweater zu besorgen. Er war auf der 7ten Avenue Ecke Broadway, Downtown in L. A. Er betrat ein großes Kaufhaus und fragte eine Verkäuferin, wo die Herrensachen wären. „Die Treppe runter." Auf seinem Weg nach unten folgte ihm ein Kaufhausdetektiv, aber er bemerkte das nicht. Er bemerkte solche Dinge einfach nicht.

In der Männerabteilung angekommen, fand er einen Sweater, der warm aussah und zu seinem Stil paßte. Er nahm ihn mit zur Kasse. Die Frau, die dort arbeitete, sah gut aus. Sie trug tonnenweise Make-up und hatte ein freundliches Lächeln. „Wäre das für heute alles für Sie, Sir?"

„Das wär's", antwortete Tam.

„Bar oder mit Kreditkarte?"

„Bar", sagte Tam. „Kann ich ihn gleich anziehen?"

„Sicher. Ich mache Ihnen die Schildchen ab. Heben Sie Ihren Kassenbon auf, okay?"

„Okay", sagte Tam, während er für den neuen Sweater bezahlte. Er dankte der Verkäuferin. Der Sweater stand ihm. Er war marineblau. Der Kragen des gelben Shirts schien gut dazu zu passen.

„Sie sehen gut damit aus", sagte ihm die Verkäuferin.

„Danke nochmal", sagte Tam. Er ging durch das Kaufhaus zurück zur Eingangstür. Als er hinaustrat, wehte ein leichter Wind. Das Geräusch der vorbeifahrenden Autos war sehr laut. Ihre Lichter blendeten stark. Es war eine wunderbare Nacht – die perfekte Nacht für einen jungen Mann, ein neues Leben zu beginnen.

BROKEN POEMS

My favorite
poem it's
nice to see
you I missed
you what's it
feel like when
no one ever
misses you

•

You're naked in the
rain at 4:00 am
you walk past
a hamburger stand
and look in
four police men
huddled
three of them
laugh and one
of them grins

•

I don't
wanna be
a skateboard
on top
of that I
love to
explain
things

•

Stupid the pen
will write no
matter what

•

Tony Hawk
licked the
edge of the
ramp with
his tongue
so it would
slide better
"Coping Sucker"

•

Shut up
on the
count of one
speak up
on the
count of two

•

Just 'cause
I'm black
don't mean
I hate
white people
I think they
taste good

•

Our
conversation
was
limited
to likes and
dislikes

•

Chicken
broccoli casarol
fair of fat
me and the
cookie dow
ice cream
fish and chips
english style
curry sauce
over the top
a lite beef
broth peas and
fish cake
from Zippies

•

They made
a movie
about my
life but
I didn't
give them
permission

•

A crippled
sentence
the proof
is in the
text what
no punctuation

•

I know
Harmony Korine
and I
know
Larry Clark
and
I'm friends
with
Spike Jonze
he
goes out
with
Sofia Coppola

•

You're
famous
around
the
world
so
who
cares

•

I was
tired so
I found a
car that
was open
I fell
asleep
when I
woke up
I realized
it was a
police car

•

Quiet
that's
the uncle
that was
in Vietnam

•

PSYCHOLOGICA

Here come over
and I'll show you
how he kissed me
Fuck no
then she
demonstrated
on her hand
I guess there
was nothing
I could do

•

Gold rush
Pirate Lady
I wan't a
kiss not now
don't give me
flowers I
want gold.
Pirate Lady
get's
what she
wants that's
what her
bird said

•

Cave people who
are they hiding
from do they like
it in there on the
way into the cave
with satellite dishes
we were exploring
the ocean floor
stick a hose into
the tank and siphon
some gas to sniff
along the way
what are you looking
at? it's hard to
figure out but I
think it's a vacant
parking lot

•

If I was
half as intelligent
as
you I'd find
better ways
to spend
my time

•

It's kinda funny
lately I haven't
minded it at all
I was just sitting
on my couch with
nothing to do and
I was thinking
Gee it would be
nice if I had a
line to wait in
and some forms
to fill out
and I wished I was
in a crowded market
looking for you

•

The school band
marched from
here to Alaska
and still god
was not satisfied

•

You say
you just
got back
from hell
did it smell
was there
burnt turtles
was there
blackened
sea shells
how was
hell would
you care
to tell

•

Opened
to new
ideas and
ready to
shoot my
face off

•

Lee Ralph was a skater
that made uglyness
liked before he came
along if someone
did a Frontside Air
untucked they would
be hated for miles

•

Someone
broke into
your car
and left a
note
that
read I
turned off
the lights
so your
battery
wouldn't go
dead

•

Liza Minelli
stole my
virginity

•

Poems
are a
way to
communicate
with other
poets
poets
poets
poets
you're not
alone

•

Modern
poetry
E3F4D
6CP3O
DE HI
TEC
MAC
PACTELL
PACIFIC
BELL
AT&T
We want
you back

•

cling to static

•

I'm
a lot better
looking
than
her
last boyfriend
that
was
until
she scratched
my
face up

•

My father
is your
dad's
friend

•

Glory days
I fell asleep on
the bus
when I
woke up
I was in
Norwalk
I got off
the bus
and surfed
my way
home

•

You've
gotta
try
next
time
you're out
just
smile
and
say
Hi

•

How bad
was
the earthquake
did your
TV fall
the TV was
upside down
but Red Fox
was right
side up he
must have
meant to be
upside down

•

The way
she kept
looking at
me
made me
want to tell
her I like
my sex best
when I'm
undressed

•

If this
was a
test you'd
passed

•

A block
of Velvetia
cheese
wrapped in a
brown
paper bag
it wasn't
all that
much of
a drag
think back
think back

•

On a positive
tip
I was on a
negative trip

•

The poem Silvia Plath's
home lovely birds sing
out in the yard a
bee lurns to sting
what's that
ring
ring
ring
ring
Who was it?
Billy Jean King

•

Aztec bumblebee
celtic flee
read me that John
Donne poem I love
so much

•

Ain't
nothing
wrong with
wanting
to use
big
words
it's OK
if you
don't speak
good
as long as
you know
you could

•

It's a
party
poem
for
intellectuals
absolutely
no hard
heads

•

Modern
history
I'm really
not too
shure
what
Christopher
Columbus
discovered

•

With the
type of
art that's
coming out
nowadays
I'm almost
ready to
accept
Picasso

•

I want to
write a poem
that can
give the
reader the
feeling I
get from
writing
poems

•

A lonely
poem I
really like
your poems
thank you
really
I think
they're
great I
do I'm
glad you
like them

•

Don't touch
me
but I love
you
from a
distance please

•

Isaac
Newton
measure
the brain's
capacity
knowledge
lost
knowledge
gained

•

The two men
were arguing
one of the men
pulled out a
gun and shot
himself.
The other
man's reply
My God
I was arguing
with a nut.

•

smooth
grass
my
knees
hurt

•

I jumped
from the
Golden Gate
Bridge
I thought
I was dead
but when
I woke up
I had only
fallen out
of my bed

•

Why
can't
one
plus
one
equal
one

•

An 850 I
just drove
by
an updated
version of
the Pontiac
Rivera 68
who has the
guts to put
back those
stylish curves
Ford I should
think not

•

This is how
I wish to represent
myself some
empty wooden
boxes in the
back of a
pickup truck

•

I'd like to take this moment to thank people. Raymond Pettibone, without whom this book wouldn't have been possible. My mother, my brother, my sister, my dad, the Curry family, Pat + Bob Johnson, Bunnie, April, Eric, Sarah, the Gonzales family, the Soto family, my Uncle Bob, and Aunt Vera, the Hernandez family, my Aunt Pam and J.R., Nino and Fred, Stevie, Randy, and Andrew, my Aunt Vickie and Uncle George, the Bustamentes, Elfred and Donna, the Mendozas, the Corony clan, old memories of Margaret, Liberty Street neighbors, Daniel and the Ramos family, Francisco and Juancarlos,Francine, David Chin, Pepe Surge, G.V.R. all my football friends, Gilbert, the dumps, the Sepulveda family, Teddy in Arizona, the twins, father Lefon, big thanks to my Aunt Lucy. My ceramics teacher in Glendora, Mr. Rexroad, Brian and his mother Beverly, the shop teacher at South Gate Junior High, Angie, the Amezcua family, Mrs. Fisher, Maria Fimbres, the people at St. Francis hospital emergency room, Tom & Rita, the Piocos family, Terry and the Kennedy family, Mr. Thorpe from Bell High, the Bojorquez family, Steve from Tom's Burgers, Mr. Gonzales from down the street, Richie's pawn shop. H. Salt from Empty Church, the ladys at El Mexicano, July and David, Pumona Pipe and Pool, my young cousins, L.A. Forum, Long Beach Arena, Rock Shows Punk, Out the Vex, Wasted Youth, Jen Hou Houghton, Jasmine, Nico, Dom, Tommy, Mic, Jim, the Real team, Jake Phelps, Lance Dawes and the boys at Slap, all the people at High Speed and Deluxe, everyone at Four Star, the DLX Store, Supreme N.Y.C., Rip City S.M., the markeshift skate shop in Azusa, Pookie, Gio, the skaters in N.Y.C., Kev Nice, Chatty, Doug Diaz, George M., Gino Perez, Larry Moore, Jon Deago, Sad, the original ATM Click, 64 Crew, the old Blind team, Mr. Parker, Lee Ralph, Dan Field, Spike, Sofia, the Orangbee family, Robo, H.B. homies, Scab ramp, Newport Beach friends, the skaters in Lyon, Paris and Marseilles, david and Ann-the Allisondri family, Klinner, Atba and the Hook-ups team (we had fun), Paul Nichol the inventor of the street ollie mega pop, Lance Mountain and Family, Joe Lopes and family, Ben Schroeder and his brothers, Scott Oster, Aaron Murray, and all the guys in Venice, Block, Jesse Martinez, Natas, The Loud Ones in Bostone, the U.N. team, Moe and Sam, Cesar De La Rocha, Peter Macomber and his mother, David Martine, Dr. Martine (R.I.P.), Spidy, the Murdock, Skip, Aunt Rita and Mike Shade (R.I.P.), Love to his family, Suzy, the skaters at the Ark, the builders of the Latimer Road ramp (Heaven), Jimmy Areegy and the boys at Hellbowl skilly days, Trent Gains, Maina, and teh skaters in La Mirada. New Brunswick, Newwark, J.R.D., the McGrath brothers, Ivory, Herbie from Geek Attack, Beaver from On Glue, Harmony, Jocko, Gabe Morford, Kyle, Peter Rugger, Alexis Herman, Fidel Castro, Al Gore, Jimmy Reed and Albert King (R.I.P.), Shane O'Brien, Rob Dukes in England, Nico in The Hague, Francisco in Madrid, Pedro Almodovar, Kate Bush, Boy George, Tony Blair, Dick Francis, Bob Hawk. Peter, Steven, and Matt Hill—lots of love at Eastertime, G. Valentine. The people at C.A.S.L., the N.S.A., and Golden Voice. Elvira Mehlich, Christian Ruzicska, Lili Schmitz, Verena John, Carl Skoggard and Patrick Kirner at Tropen. I could go on for eternity, but I better end this up. Thank you Hudson at Feature. Thank you Aaron at Alleged.

An ultra special thanks to Lauren,
who keeps me balanced.

Stay in tune.

Love, Mark Gonzales

If I forgot anyone, I meant to, you bastards.
You know how we joke. I love you.